謎物語

北村　薫

子どもの頃に読んだ童話や昔ばなしに、スクリーンに映し出される奔馬の姿に、『吾輩は猫である』のなかの一文に――本格ミステリをこよなく愛する著者は、多岐に亘る読書や経験のなかから、鮮やかな手つきでミステリのきらめきを探りだす。さながら謎を追いかけて、物語から物語へ散策していく名探偵のように。当代随一の読み巧者が、謎を見つける楽しさ、そして解き明かす面白さを私たちだけにそっと教えてくれるミステリ・エッセイ。著者の創作の原点が詰まった初めてのエッセイ集を、画家・建石修志氏の挿画とともに新たな装いで刊行します。

謎　物　語

あるいは物語の謎

北　村　　薫

創元推理文庫

À LA RECHERCHE DU TEMPS PERDU
——Du côté du roman à énigme

by

Kaoru Kitamura

1996

目次

謎物語

あるいは物語の謎

第一回

まずは前置きとトリックについて

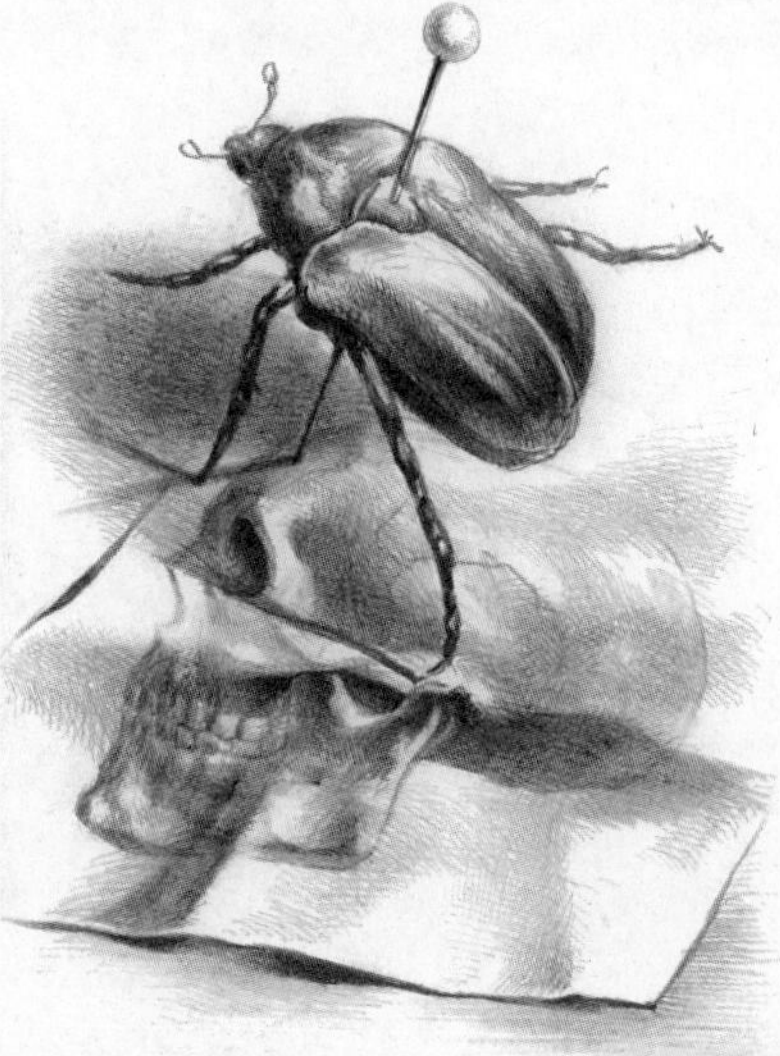

1

テレビで、ディズニーのアニメをやっていた。子供が見ている。犬のプルートが、りすのチップとデールを追いかけ、せっかくのクリスマスツリーを倒してしまう。ミッキーが、おなじみのかん高い声で叱《しか》る。

——駄目じゃないかっ、プルート！

そこで、

「プルート、口惜しくないかねえ」

といったら、子供はきょとんとしている。注釈してやった。

「ねずみに飼われてさあ」

受けた。それからしばらく、ミッキーとプルートの物真似が流行った。子供がいう。

「――駄目じゃないかっ、プルート！――何だと、ねずみのくせに。ガウ、ガウ」下克上。パニックに陥るミッキー。「――あ、こら。どうしたんだ、プルート。何をするんだ、やめろ、やめろっ」

声色が案外うまいので（ミッキーファンの方には申し訳ないが）、これが、かなりおかしかった。

余談だが、他にこの一年、我が家で流行った寸劇パターンには《〇〇吉とおじいさん》、《卑怯者のカラス》、《田中君のお父さんが、駅前で》などがある。どれも原型のバリエーションを作り、果てしなく続けて行くものだ。ところが、《プルートとミッキー》は、ただそれだけのこと、でしかない。

それなのに子供があきもせず演じたのは、示された見方、切り取り方に意外性があったからだろう。今まで当然のものとして受け入れて来たことに異論が唱えられた――そこに不思議な面白さを感じたのであろう。

しかし、考えてみると、不思議なのはどちらか。

辻で「えー、本町に行くのは右でよろしいんでしょうかな」と三毛猫に聞かれたり、吹きさらしのバス停でハスキー犬に「お寒いですな」などといわれたら、誰もが間違いなく、愕然とするだろう。――それなのに、うさぎが会話をする絵本を見て、「おかしいよ」と抗議する子供は一人もいない（と思う）。

うさぎの会話なら、ことはまだ単純である。なぜ、わたしが前述のアニメに、茶々を入れたかというと、そこでは擬人法が、実に複雑なものになっていたからだ。

りすは動物の姿のままで木のうろに住み、動物としての生活を送っている。それなのに人間のように思考し会話していた。一方、ねずみのミッキーは服を着、家に住み、――つまりは完全に人間としての生活を送っている。だが犬であるプルートは、犬の姿で首輪をされ、そのミッキーに飼われている。犬の生活を送っているのだ。彼には、犬としての思考力しか与えられてはいない。

これだけでも、かなりややこしい。しかし、まだある。――プルートと同じく犬のグーフィーが服を着て「あっひはー、ミッキー」などと登場するのだ。こちらは人間なのである。

これだけ複雑な《人間関係》を子供は、すらりと受け入れている。いや、誰でもそうだろう。

わたしは、それが《当たり前》であることに感嘆したのである。そこで、つい、《お前たち、すごいことやってるんだぞ》というのを、別の形でいってしまったのだ。

神様は、いろいろなものを人間にお与えくださった。この《力》もまた、その中で素晴らしいものの一つだろう。

物語の世界では、非現実も、我々が《そこ》にいる限り、きらきらと輝く現実である。我々には、それを受け入れる能力がある。《そこ》では、わたしは、空飛ぶものにも、水を潜るものにも、植物にさえも、なることが出来る。

それによって、真実はしばしば、より力強く語られ、伝えられる。

2

小さい頃から、物語の世界はわたしにとって親しいものだった。そしてわたしは、ミステリという名の謎物語をこよなく愛してきた。――思えば名探偵も名犯人も、しゃべるうさぎの類《たぐ》いかもしれない。

ミステリに関しては、講演の機会も数度あった。それを聞かれた編集者の方が、「ああいうことを自由に書いて下さい」とおっしゃる。そして、始まることになったのが、この文章である。ミステリという物語の周辺を飛行しつつ、それこそ《自由に》文を綴《つづ》ってみたい。

さて、それにしても、わたしはなぜ、このミステリという形式に愛着を抱くのか、というよりは執着するのか。それは、自分にも分からない。

わたしはトマトを食べない。子供に聞かれたことがある。

「お父さん、どうしてトマトが嫌いなの」

そこで、答えた。

「小さい頃、トマトに噛《か》まれたことがあるんだよ。夏の日の夕方だった。日が長くてね、いつまでも暗くならない。そんな時、おつかいを頼まれたんだ。道の途中で、ちらっと見たら、洗濯屋さんの前に大きなトマトが寝ていたんだ。気づかれないように、そおっと通ったんだけれど、恐がっていると、それが伝わるんだね。トマトは、じろりとこっちを見た。素知らぬ顔で目をそらしたんだけれど駄目だった。向こうは、いきなり走りだして来た」

子供はうさんくさそうな顔をして、

「それ、犬じゃないの?」

このように、好き嫌いの原因を説明するのは難しい。(この《トマトに追いかけられる話》はオリジナルだと思っていたら、そういう映画があるという。トマトの化け物が追いかけて来るらしい。びっくりしてしまった。子供に同じような話をしたお父さんが、作ったのかも知れない。）

　とにかく、小学生の頃からトマトは食べなかったが、ミステリは好きだった。さて、その《ミステリ》とは、どういうものを指すか。これが案外難しい。（と、一応、書いておく。）

　昨今は《ミステリ》の守備範囲が驚くほどに広い。線引きはどこにあるのか。

　最近聞いた《ミステリ》の範囲についての明快な定義は、新保《しんぽ》博久《ひろひさ》氏のものである。その境界線の話になってもめているところへ氏がいらした。ご意見をうかがった。氏はにっこりと微笑み、「わたしの読んだものがミステリです」。

　さて、キングなど、以前ならSFの範疇《はんちゅう》に入ったろうに、今は年末のミステリ・ベストテンに顔を出すことがある。しかし、たとえばキングとクイーンの優劣をどう比べたらいいのだ。無理だろう、――不敬罪にあたるから、と、ふざけていては話が進まない。進まないなら、脇道に入ってみよう。

　昨年、*「第一回読売演劇大賞」のノミネート一覧を見た時、奇妙な感覚に襲われた。ミステリ・ベストテンのようだ、と思ったのだ。

　たとえば作品賞候補は、次の五作である。

『アイ・ラブ・坊っちゃん』

『盛綱陣屋』

『テレーズ・ラカン』

『能・道成寺』

『エリザベス』

これらの舞台が、それぞれの達成をなすために尽くした方法は見事なまでに違っているだろう。リストを眺めていると、五作を《比べる》ことが滑稽《こっけい》にさえ思えて来る。

だが、難しいのはここから先だ。

これらが、演劇という一語でくくれることもまた確かなのだ。となれば、それぞれの向かう方向総てに、愛情と理解の力を持った《評論家》が、想像できなくはない。ある傾向の芝居ばかり観ている客たちには、面白くも何ともない舞台があったとする。しかし、そういう人たちの前に現れて、この舞台の方がはるかに上である――と断を下す。それが正しい。そういうことの出来る人間が、確かにいるような気がする。

ミステリにおいてはどうか。少なくとも、古典劇と先端の劇以上に、その比較はむずかしいように思う。なぜなら、仮に方法論は違っても結果として、その舞台の与えるものは《感銘》である。その響きは、観客という人間の、ほぼ同じところを打つのだ、と思う。

しかし、本格とその他のミステリでは《感銘》そのものが、――打つところが天地ほどに違う。はっきりいうなら、一方においては評価されることが、一方では《どうでもいいこと》なのだ。

演劇にたとえよう。もしかすると、こういうことかもしれない。純粋な本格の読者とは、装置だけを鑑賞する観客なのである。彼にとって舞台を行き来する登場人物も演劇的感銘も《鑑賞の邪魔》なのだ。何と潔いことであろう。

となれば、今や、その右から左までを《ミステリ》と呼び、その総体を《好き》といういい方は出来ないのか。

3

前節にこう書いた。

とにかく、小学生の頃からトマトは食べなかったが、ミステリは好きだった。さて、その《ミステリ》とは、どういうものを指すか。これが案外難しい。（と、一応、書いておく。）

なぜ、《一応》なのか。こういうことだ。《　》付きの《ミステリ》が――世間がどういおうと――《わたしの好きだったミステリ》と限定されたものなら、ことは簡単。ただ、こういうものだったといえばいい。

思い返してみよう。小学生の時に、最も興奮したのはポーの『黄金虫』の暗号読解だったような気がする。図書館の児童文学全集の一冊だった。

となれば、わたしにとっては、雲をつかむような謎が論理的（であるかのよう）に解かれて行くのがミステリなのだ。

そうなのだ。一人静かに考える時は、こう思う。――ミステリにおいて、登場人物の総ては登場人形と化し、謎に奉仕すべきだ。ただ、謎のために人は生き、人は死ぬ。他の要素は徹底的に排除する。それこそが、最も清潔なミステリの形だ。

これに対しては、古典的な反論がある。――だったら推理問題を作ればいい。小説にする必要はない。

だが待ってほしい。小説という形式は、実に懐が深い。推理問題ぐらいは簡単に呑み込める。そして謎物語の無機的な世界を作り上げるのに、この表現形態は、まことに適しているのだ。だからこそ、本格という名の物語が書かれ続け、読まれ続けて来たのだ。それを許す大きさこそが、即ち小説の特質の一つなのだ。

こういうことさえ、想像出来る。謎以外の何物も付け加えまいという作者が、完璧な努力をした時、そこには、それゆえにこそ一つの魅力的な《物語》が立ち上がって来る。

ただし、それは鏡地獄の球の内側にも似て、現実に見ることの不可能なものかもしれないが。

4

というわけで、よくいわれる、猫派・犬派的な好みの分類をされたら、わたしは本格派である。間違いなく、謎物語——本格が好きなのだ。

だがしかし、実際読むもの、そして感心するものは、といえば、決してそのフィールドに偏《かたよ》ってはいない。この辺は、我ながら曖昧《あいまい》なところである。ただ、右と左の差を書いたが、それでもわたしは先ほどの《演劇》のように、《ごく広い意味でのミステリ》という区分けが成立し得る——ような気がする。なぜなら、わたしにとって面白い作品が、どちらにもあるから、である。ただし、残念ながら逆に、本格派以外の人が、謎物語を面白がることは少ないようである。
というわけで、《ミステリについてあれこれ》となると、わたしの場合は、《本格についてあれこれしゃべる》ことになる。
どこから始めようかと考えたが、まずは《トリック》。別に、ここから進めれば論理展開がうまく行く——などという計算があるわけではない。たまたま、感心したトリックを思い出したからである。

勝二が地下鉄に乗った。

と、文章は始まる。立川談志《たてかわだんし》の『談志楽屋噺』(白夜書房)第四章「様々な落語家たち」の一節である。——ちなみに、この本の最後には《人名索引》が付いている。内容を考えた時には、まさにそうあるべき見事な本作りである。

その頃、地下鉄は東京に一本、渋谷×浅草間のいまいう銀座線だけで、料金はどこから乗っても二十円。終点から終点まででも、一駅でも同じの二十円。切符には渋谷⇕浅草としか書いていない。どの駅で買っても同じデザイン

（？）の切符だった。

ところがある日、ある駅で仲間と切符を買い、改札口で駅員がそれを切った。ふと二人の切符を見くらべたら切符の穴、つまりパンチの型が違う。

「オイ、変だよ、おかしいよ」って引き返して切符を切っている駅員の手元をみてたら、お客が買った切符を切ってもらうため駅員に渡す、受けとったその駅員は、パチンと音だけさせて、手元にもっているその駅で降りた客から受けとった切符を渡していたそうだ。

お客もこのトリックに気が付かなかった。

わたしは、これを読んだ時にうなってしまった。奇妙な出来事、合理的な解決、そして、そこには巧妙なトリックがある。

さあ、どういうことなのだろう。——というところで、続きは次回。

＊一九九三年

第二回

トリックについて（続き）
わたしの好きな仕掛け

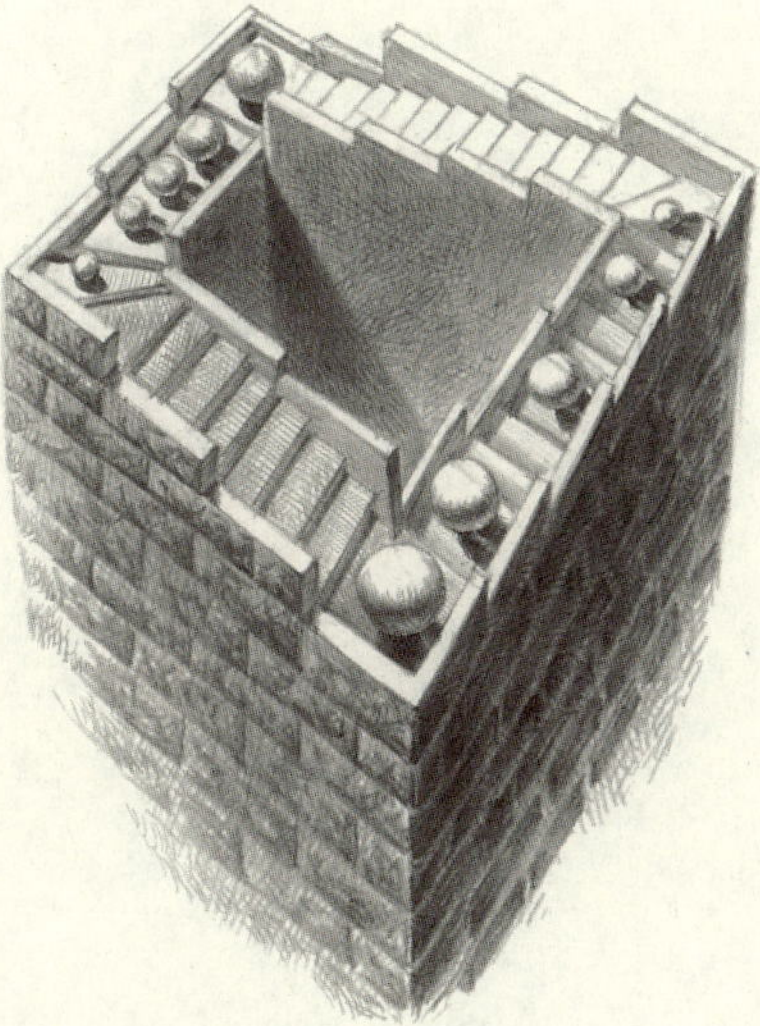

1

お分かりと思う。文は、こう続く、

つまり駅員は一人につき、一枚二十円のもうけだ。今に換算すると、そう二百円くらいであろう、いいもうけだ。

売れた切符を元に返し、その分の代金をかすめようという、駅員のトリックだ。

この、《今、同じ鋏《はさみ》を入れられたのに、見比べたらパンチの穴が違っていた》という謎は、まことに美しいと思う（もっとも、改札の方式が違ってきたから、この不可思議も、やがては実感のないものになっていくのだろうが）。

謎が面白いだけではない。実際にあったことだから当然なのだが、解明を聞いて納得出来る。このエピソードは、第一級のミステリではないか。

さて、これはたまたま落語家が《現実》の謎に直面したのだが、トリッキイな落語という例もある。

『猫の皿』。わたしはこれを、噺《はなし》として聞くはるか以前に、間羊太郎《はざまようたろう》氏の『ミステリ百科事典』で読んだ。まさに、機知の戦い、洒落《しゃれ》た好短編である。

落語を、それ以前に別の形で読み、しかもその《仕掛け》に感心していたことなら他にもある。小学生時代、愛読した本の一つに『日本の昔ばなし』（関敬吾《せきけいご》編・岩波文庫）がある。その『Ⅲ、一寸法師・さるかに合戦・浦島太郎』に『水瓶』という話が載っている。

吉よむの家には水瓶《はんどう》がなかった。それで竹田の町に水瓶買いに行った。店にこーんめー（小さい）水瓶と大っきい水瓶とあった。

落語が好きな方なら、特に米朝《べいちょう》・枝雀《しじゃく》のファンなら、これだけで何かお分かりだろう。

三十銭のを買うて、いそいで帰って女房に見せた。「こげんなこんめ水瓶はいらんき、まっと大きいぬ買うち来な」といった。また店に行って、「こりゃこんめーきー、まっと大っきぬくれなー」といって、六十銭のを買うた。そして「まえに三十銭あげち、また三十銭のものーやったき、六十銭の水瓶はただじくれ」といって、そのまま帰ったということだ。

いうまでもない。『壺算』そのものである。わたしは、米朝のそれを聴いた時、すぐにこの民話を思い出した。勿論《もちろん》、落語は筋を聴くものではない。演者を聴くものである。三十足す三十の《計算》は米朝の噺の、ごくごく一部の要素でしかない。しかし、このロックの妙に客席が喜び、拍手を送っていたことも事実である。

ところで、米朝独演会に行った関西の友達が、『壺算』の後、隣の席で交わされる《あれでいいんでしょ、計算合ってるじゃない》という会話を聞いたそうである。また、いつだったたか、これと似た釣銭詐欺があり、《時そば詐欺》と新聞に書かれた。その後、《いや、あれは『壺算』だ》などといわれたりもした。こうなると、お話と《現実》の境というのも、ありそうでないものである。

前出の『昔ばなし』から、もう一つ。吉五という男が、町に出る村人に毎日毎日、「牛の鼻ぐり買うて来ちくり」と頼む。そして、

2

吉五の家では、それからまい夜まい夜、牛の鼻ぐりをつくった。ある日、吉五は飼い牛を引き出して、動けないように鼻ぐりをつけ、自分も歩けないほどかついで臼杵の町に行った。荒物屋は牛の鼻ぐり屋が来たので、残らず買ってしまった。吉五はふところをふくらませて家に帰った。けれども、それからは臼杵の城下には鼻ぐりをたずねるものは一人もなかった。

これも好きな話だった。
小学校の行き帰りは、ランドセルを背に友達としゃべりながら歩く。読んだ本の筋を、そこで紹介したものだった。

ミステリでいえば二、三年生の頃には少年探偵団もの。五、六年になると新潮文庫の『Yの悲劇』や『皇帝のかぎ煙草入れ』を読んだ。ただし、『Y』の方は通学路での語りには向かない。『皇帝』の方は確かに話した。

——そういえば、ルパン物の贋作を作って語ったこともあった。その時の中心アイデアは洞窟の中に宝を隠す法である。いったん掘り出した穴の中に、さらに穴を掘って再び埋め、持ち出されたように見せる、というものであった。

「消えてるんだよ。どこにも隠すところなんかないのにさあ」などと、必死に説明したものだ。（うわあっ。こうしてワープロの上で指を動かしていても、はずかしい。踊りだしたくなってしまう。）

全部、語り終わって、《実はこれ、自分で考えたんだ》と、聞き手の反応をうかがったら、《——道理で変だと思った》といわれてしまった。毎日のように辛抱強く聞いてくれたその時の友も、今ではＮＨＫのディレクターである。時の移ろいを感じる。

それはさておき、わたしは『牛の鼻ぐり』にも『皇帝のかぎ煙草入れ』同様、膝《ひざ》を打ったのである。《その手があるのかっ、そう行くのかっ！》というたまらない快感を感じたのである。

3

せっかく落語のことを話し出したのだから、そちらからも、実例を引こう。――と書くと、《さっきの『猫の皿』はどうした》という声が出そうだ。《落語は筋を聴くものではない》という前言を、あの噺に関しては訂正しておこう。《落語は筋だけを聴くものではない》。

というわけで、『猫の皿』に興味のある方は、ぜひ寄席で――といっても、寄席で目当ての噺に巡り会うことは至難の業だから、CDなどで聞いてみて下さい。

では、落語から、何を持って来るか。選んだのは、『双蝶々《ふたっちょうちょう》』。

現在、入手しやすいのは圓生《えんしょう》のものだと思う。ここでは彦六《ひころく》が正蔵《しょうぞう》だった時、ラジオ放送されたものから起こしてみる。

不良少年長吉の行状について、大家さんが話す場面である。長吉は、小さいながら餓鬼《がき》大将になっている。ある日、大家さんは、その姿を、お稲荷《いなり》さんで見かけた。様子をうかがっていると、かぶと虫の胴中ぁ結わえてな、賽銭箱の中へ入れるんだ。と、かぶと虫は何かに摑まろうと思うから、おひねりなんぞをこう抱えちまうだろ。やっこが、こう引き上げてね、（笑）おひねりを取ると、また、賽銭箱の中だ。ねー、てめえの思った通り、銭が集まると、そのかぶと虫を踏ん付けて殺しちゃった。どうも、することがよくねえねー。

テープの中に（笑）の部分がある。これはまさに枝雀のいう《緊張と緩和》である。《かぶと虫をどうするのだろう》という疑問が解決し、——同時に、細い透き間のみを残して密閉された空間から、どうやってものを取り出すか、という不可能興味までが解決されて、そこに心地よい（笑）が生まれたのだ。

謎と解決は、どうもそういう関係にあるらしい。

提示される謎が不可思議であるほど緊張は強く、また、それが解決された時の快感も大きいわけだ。——しかし、理屈ではそうだが、その解決に機知がなければ、残るのは物足りなさだけになってしまう。一応説明をつけました、というだけでは駄目なのである。この辺が難しいところだ。つまり、そこにあるトリックは、不可能を可能にする《機知の現れ》でなければならない。

さらにいうなら、そのトリックが印象深いものとなるためには、何が必要か。それが、置かれた状況の中で、そのトリックが《生きている》こと、——これではないか。

切符の話では、古き東京の地下鉄という舞台、若き落語家という登場人物が、ぴったりはまっていて、その後に三升家《みますや》勝二《かつじ》の《兄《あに》さん、それからですヨ。乗った場所、つまり乗車駅の名が地下鉄の切符に入るようになったのは……》という落ちがつく。

水瓶の計算では、世界そのものがぼやけて、朦朧《もうろう》とした霧に包まれる。『壺算』となれば、その霧はおかしさの嵐になる。初めて、米朝で聞いた時、米朝は、客席をその手で引っ繰り返し揉《も》むように、沸《わ》かせていた。半額で買うトリックを通して、登場人物達の姿が浮き上がって見えた。

鼻ぐりの話では、そのアイデアと共に、《けれども、それからは臼杵《うすき》の城下には鼻ぐりをたずねるものは一人もなかった》という一行が、見事である。もうかった、というだけではなく、キリコの絵でも見るような奇妙な感じがそこに広がる。

『双蝶々』に関しては、テープで聞き返すと記憶と違っていたところがあった。長吉がかぶと虫を捕まえたところで、大家さんが《やっぱり子供だ。あれで遊ぶんだ》と一瞬思うような気がしていた。念のため、圓生のテープも聞き、速記本も見たが、そういうところはない。

この場合は、演者達がわたしにそう思わせたのである。ポイントは、そこだと思う。かぶと虫という、いかにも男の子が玩具《おもちゃ》にしそうなものを出し、それを裏返して黒い目的に使わせる。このどんでん返しが、まことに効果的なのである。

そして最後に――《銭が集まると、そのかぶと虫を踏ん付けて殺しちゃった》。トリックそのものが、長吉の見事な描写になっている。

思えば、トリックというものは、それが使われるべき状況があるから、そして、それを使うような人物がいるからこそ生まれるものだ。となれば、解明があり、トリックの正体が明かされた時、それが状況や人物を、より深く説明するのは当然である。

なるほど――と納得する方もいるだろう。しかし、冷静な方は、いや待て、その論理は、いわゆる本格の《密室のための密室》《アリバイのためのアリバイ》に当てはまらないぞ――というだろう。

実は、――その通りである。

しかし、それはわたしにとって、格別、問題ではない。《密室のための密室》が滅びることはないし、何よりわたしはそれを愛している。それは、さわやかに潔《いさぎよ》く、過去から永遠の未来まで、ミステリの中心に《いうまでもなく》あるものである。

ただ、その骨に肉の付くこともある。肉によって、それがより忘れ難いものとなることもある。確かにある。そういうことなのだ。

4

ところで、この回で引いた例を見返してみると、それが総《すべ》て《犯罪》であることに気づく。詐欺か窃盗である。

ミステリの本質とは、謎と解明の快感である。それが犯罪の形を取る必要など、まったくない筈《はず》だ。

例えば『源氏物語』の成立についての過去の学者達の推理などを読むと、まさに、はらはら、どきどき、ぞくぞく。ミステリとして第一級の喜びを味わえる。

となれば、犯罪以外の例も上げてみるべきだろう。そこで思いついたのは、土屋《つちや》耕一《こういち》氏である。——といえば、回文集『軽い機敏な仔猫何匹いるか』のことだと思われるだろう。

確かに泡坂妻夫《あわさかつまお》先生に『喜劇悲奇劇』があるように、回文の《限定された条件の中で困難事をなす》快感は、ミステリに通じる。名人土屋氏に、《佐藤池田総理嘘だけ言うとさ》

などとやられると、こちらはそのお手並みの見事さに、ただただ唖然《あぜん》とするしかない。

しかし、ここでは『さも虎毛の三毛』（住まいの図書館出版局）をあげる。著者名と《サモトラケのニケ》をもじった題名に、思わず手に取った一冊。どこを開けてもおいしい本である。

その一節。土屋氏は「君のひとみは一〇〇〇〇ボルト」の作者、つまり広告の世界の方であるから、以下のような話題が出て来た。

ビデオの普及で、洋画なども早送りを使い、三十分も速く見られるようになった。金銭で買い得なかった時間をただで手に入れられる。そこで土屋氏はいう。

しかし、待て。

この三十分を入手するには、当然ひとつの条件があるでしょう。つまり、コマーシャルは吹っ飛ばす、ということで、これは、当方の職業上の地盤をいくらかぐらつかせる状況であることもまた確かだろう。

どうすれば、この難局に対処出来るのか。これもまた、一つの密室である。鍵はどこにあるか。

土屋氏は、抜け目のない友人が口をはさんできた、という。

「いいかい、十五秒間、動いちゃいけないんだよね、すべてが。じっとしているの。そして、商品名もね、右上にずっと。出っぱなしなんだ。どうだ、これで」

早送り対応コマーシャルという着想。守るも攻めるも、である。

早送りをしていて、これに当たった人間のけげんな顔が見えるではないか。

いやはや、人間の知恵と、そして洒落の精神は、たくましくも素晴らしいものである。

第三回

わたしの好きな謎解き
漱石と探偵達

1

《わたしの好きな――》としていけばきりがない。しかし、枠を限定して、もう一回やってしまおう。

某大学の著名な文学の先生が、くだけた座談会でおっしゃっていた。――《我々は新しいことをいうのが商売ですから》。

それはそうだろう。白いものを白い、黒いものを黒いとだけいっていたら、鬼の首は取れまい。多少の無理は承知で、白の中に沈んだ黒をも見出そうとする。それも一番最初に。――といってしまえば皮肉になる。決してそうではない。いい方が悪かった。わたしは、その心意気が大切だと思う。

鵜《う》の目鷹《たか》の目で見て、結局、鷺《さぎ》を烏《からす》、という時もあろう。しかし、情熱を持って振り上げたつるはしが鉱脈に当たることもある。振り上げぬつるはしは、ただの鉄である。
というわけで枠は文学関係、それも夏目《なつめ》漱石《そうせき》に絞って、わたしの胸が躍った謎解きを紹介させていただく。
歴史探偵こと半藤一利《はんどうかずとし》氏は『漱石先生ぞな、もし』（文藝春秋）の中で、丸谷《まるや》才一《さいいち》氏の『徴兵忌避者としての夏目漱石』を引いていう。

そして丸谷さんは、「大学卒業前後より松山都落ちまで」の、最初の神経衰弱による謎の時期の解明に、徴兵忌避による漱石の自責を推測する。

なるほど、文豪の籍が、当時は徴兵猶予となる北海道に送られた事実と、日清開戦を結び付けた卓抜な説である。
さて半藤氏は、この着眼の前には、従来の諸説も色を失いかねないという。

丸谷さんも指摘していたが、『吾輩は猫である』のなかにでてくるつぎの東風の発言には、人にはいわない漱石の心の傷がそっと語られているような気がする。

「……先達《せんだつて》も私の友人で送籍と云う男が一夜という短篇を書きましたが、誰が読んでも朦朧として取り留めがつかないので、……」（六章）

そして、〈付記②〉で『吾輩は猫である』から、漱石という号が使われ始めたことを述べ、

ほとんど同じ時に書き、前後して発表した『倫敦塔《ロンドン》』（「帝国文学」明治三十八年一月号）は、漱石ではなくきちんと夏目金之助と署名されている。『カーライル博物館』も然り。シロウト探偵としては、これもきわめて面白いことと思うのである。

以下は、証拠を提示できぬ仮説もいいところであるが、送籍と関係あるとみたいのである。世の中や人間をだまくらかす、お茶らかす、そしてみずからは猫をあやつって韜晦《とうかい》している、それが『吾輩は猫である』という小説のそもそもの書きようである。

漱石性来のロマンチシズムをおしだした初期短篇は、世に隠れもなき夏目金之助でいくが、世を忍ぶ仮の姿の部分は号でいく。だれにもいえぬ送籍の自責

の念を鎮めようと書く小説であるから、送籍にひっかけて号として、子規から譲りうけた昔の漱石をひっぱりだすことにしよう。それほど気に入っている名ではないが……と勝手に想像を進めてくると、意外と徴兵忌避にかんする漱石の心の傷は深かったという気になってくる。

2

同じ問題は『続・漱石先生ぞな、もし』でも語られる。

それによると、当時はまだ、徴兵猶予の方策を考えるのが珍しいことではなかったらしい。その『手引き書』さえかなり出版されているという。つまりは、生活の知恵であり、『こうすれば有利、確定申告』の感覚である。露見が即ち、自らと一族一門の破滅を意味するものでは——有り難いことに——まだまだなかったのである。

ところで、この謎解きはどうか。快感ではないか。

無名作家の名（はて、あるのかな）に関する発見なら意味はない。しかし何しろ《漱石》なのである。それは既定のものとして、すでに我々の頭の中にある。水が水であり、火が火であるように。

その名の由来はどこどこから、と、学校で教わり、あるいは参考書のコラムなどで読み、《ハハア、石でうがいね、意地っ張りね》などと頷《うなず》く。そこから先に進み、《裏に意味が隠されているかもしれない》などと考える人は、まずいない。

それが引っ繰り返される。覆いを除《の》けてみたら、とんでもないものが潜《ひそ》んでいたという驚きがある。

わたしは、小学生の時に動詞の活用に気づいてびっくりした。思い返せば、その時の気持ちに似ている。

校庭で遊んでいる時に《走る》が《走ら》や《走り》となり、《ら・り・る・れ・ろ》になることを発見した。これはスゴいぞ、と思って、他の《行く》だの《笑う》だのを次々と持ち出してみた。同じことだ。勿論《もちろん》、動詞などという言葉も知らない頃だった。

何でもなく使っていた言葉に規則性がある。その法則を教わったわけではない。誰だってそうだろう。砂場から連れ出そうとした幼児が、抵抗して《行くないっ!》と叫んだ時、《ぼうや、ウチケシの助動詞はね、未然形から続くのよ。行かない、といいましょうね》などと活用表を広げる母親が想像できるだろうか。いたら、それはただの危ない人である。

小学生の時の話に返ろう。

わたしは思った。こんなルールなど教わってはいない。それなのに、自分は今日の日まで言葉を使って来た。現に今も、その言葉を使って考えている。何と不思議なことだろう。父は高校の国語教師をしていた。帰って来るのを待ち兼ね、かなり胸をはずませつつ私は自分の発見を告げた。

ところが何と、父はすでにそのことを知っていた（当たり前だ）。私はがっかりした。

小学生が相手だから、父は細かい説明をしなかった。ただ《ノートに表にしてみろ》といった。わたしは、二、三ページは埋めて父に見せたと思う。それだけのことである。これで国語学者にでもなっていたら、栴檀《せんだん》は双葉より、ということになるのだが、そうはいかない。ただ、この発見の驚きは、今も強い印象となって残っている。

歌舞伎で衣装が引き抜きで替わるように、——というよりいっそ浅葱《あさぎ》幕が落ちるように、ある《気づきの瞬間》に世界はがらりと様相を替える。

《漱石は送籍だよ》といわれるのにも、これと似た驚きがある。そしてまた、この話には役にふさわしい千両役者が揃っている。まず前述のごとく、漱石が漱石である。さらに半藤氏は、《歴史探偵》半藤氏である上に、この場合は《わが女房の母親つまりは義母は漱石の長女の筆子である》。

そして、——忘れてはいけない、丸谷才一氏は、あの傑作『笹まくら』の著者ではないか。

『徴兵忌避者としての夏目漱石』。そう、小声で読み上げれば、それは笹の葉音となり、はるか昔に読んだあの物語の、いくつかの場面が生き生きとよみがえって来る。

3

半藤氏は『歴史探偵昭和史をゆく』のまえがきでいう。《推理小説を読んだり考えたりする以上に、歴史のナゾ解きが面白くてならない》。

わたしは半藤氏が、《漱石先生派》であるように、今、ミステリ派として、この文章を綴《つづ》っている。したがって、歯切れ悪く、こういおう。――それはそうでもあるだろう、と。

確かに、現実の様々な謎を前にした時の興奮は格別のものだ。今の《送籍の謎》にしても、登場人物と時代、さらに探偵達を、これほど深く設定し、描くことは至難の業だろう。

ではミステリの興趣とは、どのようなものか。そう考えた時に、わたしには、《自然》に対する《盆栽》のイメージが頭に浮かんだ。――謎の盆栽。

いかがであろう。

えー、年寄りくさい、いやだなー、という若いミステリファンの声も聞こえてきそうだ。しかし、このいい方、なかなかに風雅ではないか。

盆栽は海外では、希有《けう》の芸術と評価されたり、一方では自然への冒瀆《ぼうとく》といわれることもあるようだ。しかし、何といわれようと、――絶対になくならない。賭けてもいい。ただし乗る相手がいないだろう。

4

漱石に関する推理で、役者がいいとなれば、「漱石と『放心家組合』」について触れないわけにはいかない。

山田《やまだ》風太《ふうた》郎《ろう》は、『風眼抄』（六興出版／中公文庫）の中のこの文章で『吾輩は猫である』の一節を引く。そしていう。

この中の「この間ある雑誌を読んだら、こういう詐欺師の小説があった」というのはこの「放心家組合」に相違ない。

「放心家組合」を含むロバート・バーの短篇集『The triumph of Eugéne Valmont』(「ウジェーヌ・ヴァルモンの敏腕」)が出版されたのは一九〇六年、漱石の「猫」の右の一節を含む第十一回が書かれたのは、同年すなわち明治三十九年である。ただし「雑誌」とある以上、漱石はこの短篇集が出版される前に読んだのかも知れない。漱石の蔵書目録にはこの書名はない。

乱歩もうっかり「健忘症」にかかっていて、このことにはついに気がつかなかったようである。これを指摘した文章はない。

この文章に初めて接した時にも、大変なスリルを感じた。あの『猫』とあの『健忘症連盟』。いや、それに止まらない。これを書いているのは外ならぬ山田風太郎だ。そこがポイントである。

天才風太郎だから、というだけではない。彼は、あの『黄色い下宿人』の作者ではないか。

『漱石と倫敦《ロンドン》ミイラ殺人事件』が出るはるか以前、我々にとって《探偵ぎらい》の夏目漱石を探偵にしてしまった作家といえば、まさにこの人である。

その最後の一行は、まず先輩から聞かされていた。これは読みたいと思う。現物の載っている旧『宝石』の贋作特集は、確か神楽坂の古本屋さんで買った。大坪砂男《おおつぼすなお》のブラウン神父や、高木彬光《たかぎあきみつ》のヴァン・ダインが載っていたと思う。――後で知ったところによれば、この特集自体が、『黄色い下宿人』から生まれたものだという。ホームズのロンドンを舞台とするこの物語を読んだ編集長が、それならばとばかりに他の作家に号令したらしい。

とにかく、霧の都で、我が夏目金之助《きんのすけ》がベーカー街の探偵の鼻を明かすという設定は、まことに独創的であり、一読忘れ難い。

同じく『風眼抄』、「風山房風呂焚き唄」の中で、彼は『猫』についての発見に触れ、

だれかそのことを指摘した人があるかときき合わせたら中島河太郎氏は「うれしい発見」といってくれ、千代有三氏は「創見だと思う」といってくれたけれど、それというのも「放心家組合」をはじめて読んだのがこの夏であったという始末だからである。

という。

そんなことはない。他の誰でもつまらない。これは山田風太郎がいわなければいけない。バーの作品を読むのが遅かったとすれば、それはつまり、神が時を選んだのである。

――さて、余談だが、引っ越しをするので家の中を引っ繰り返している。私が大学時代書いたミステリ・ベスト10も出て来た。日本の部には、山田風太郎の傑作『太陽黒点』が、ちゃんと入っていた。

5

結論。というわけで着る人が着れば、服がよく見えるように、探偵次第で謎の値打ちも上がるものである。

第四回

手品趣味と意外性への郷愁

1

乱歩の随筆から抜け出したような章題だが、今回はこういうことで始めさせていただく。

子供の頃、家に『手品と奇術の遊び方』（藤瀬《ふじせ》雅夫《まさお》・大泉書店）という本があった。「入門百科叢書」の一冊。今も昔も、こういう実用書の何冊かは、どこの本屋さんにも並んでいる。『碁の打ち方』『将棋の勝ち方』『小鳥の飼い方』などなどの類《たぐ》いだ。これが、また、わたしの愛読書のひとつだった。

二百ほどの手品について、まず【演技】として実演例が書いてある。というと、いまだに持っているようだが、その通り、——持っているのだ。

前回、引っ越しをすると書いた。そのため本の整理をしていたら出て来た。記憶では玄関の下の段ボールの箱に、古い図鑑などと一緒に眠っていた筈《はず》だ。ところがそこにはなく、

《これは見つからないかな》と思っていたら、別のところから顔を出した。引っ越しも役に立つものである。

さて【演技】だが、例えば「魔法の灰」では、観客に好きな有名人の名をあげさせる。昭和三十二年十二月発行だから、《「金田《かねだ》正一《まさいち》!」「島倉千代子《しまくらちよこ》!」「三橋美智也《みはしみちや》!」》と声がかかる。今でいえば、「イチロー!」などとなるところだ。それぞれを記名した紙から、お客に一枚を選ばせ、後は燃す。その灰でマジシャンの腕をこすると、何と残された紙のものと同じ氏名が、肌に忽然《こつぜん》と浮かび上がる——という寸法。

後半は【タネあかし】となり、やり方が懇切丁寧に記してある。

簡単なものは友達にやって見せ、あるいは失敗して笑われ、あるいは不思議がられた。カードの切り方などは、この本を見て練習したものである。EQのファンだからというわけではないが、トランプの女王を使った「クイン登場」(昔流に《クイン》と書かれている)などは、最近でもやることがある。つまり、この本はわたしにとって、文字通り《実用書》でもあったわけだ。

というわけだが、——どうだろう、視点を替えれば、これは、二百作収録のミステリ短編集ともいえるのではないか。タネを中核にして、ストーリーが作られている。そこに現れる不可思議。そしてまさしく実行可能な、筋の通った解決が付いている。

本当のミステリなら、断るまでもないが《実行可能》はどうでもいいことである。続く《筋の通った》こそが必要条件である。ただし、作品によって筋の通り方が違う。あくまでも筋は、《その世界》で通ることが肝要なのである。真っ直ぐとは限らないし、また真っ直ぐでは通らないことすらある。

そう考えれば、この『手品と奇術の遊び方』は、至って素直な作品集ということになる。

2

だが、これだけのことなら、小さい時に、こういう手品の本が好きだった、と書けばいい。苦心して家の中を探したりはしない。

実は、この本の巻末に付いているのが「奇術速修二十一講」。その「第一講」中に、こういう一節がある。これに再会したかったのだ。

独歩は、「牛肉と馬鈴薯」の主人公をして、

「僕はアッと驚き度いのです！」

と言わせているが、奇術の面白さは一にかかってここにあるのであります。

《馬鈴薯《ばれいしょ》》とは何かと、母親に聞いた記憶がある。国木田独歩《くにきだどっぽ》という名は、おぼろげに知っていた。

このくだりは、実に印象深かった。《奇術の命は驚きにある》などと素直にいわず、わざわざ明治の作家を持ち出すところも、わたしの好みにあっていたのだと思う。

もっとも、この言葉は原文とは違うし、作品の趣旨からすれば、ここに引くような台詞《せりふ》ではない。独歩は不快であろう。

しかし、子供にはそんなことは分からない。このおかげで、本屋さんで文庫本の『牛肉と馬鈴薯』を探し、ページをぱらぱらとめくったものである。文章が難しい。堅い論議が続き、到底、爽快に驚ける話ではなさそうだった。おまけに《喫驚《びっくり》したいというのが僕の願なんです》という言葉こそあるが、引用通りの文句はない（『牛肉と馬鈴薯』は短編。新潮文庫で二十五ページだけだから、《僕はアッ》と始まる会話文を探すのは、簡単なことだ）。何だか、だまされたような気がしたものである。

そういうわけで、この一節は、わたしの頭の中で一人歩きをした。

――国木田独歩は『牛肉と馬鈴薯』の中でいった。「僕はアッと驚き度《た》いのです！」そうだよなあ。びっくりするって快感なんだよなあ。うんうん。

そしてまた、今にして思えば信じられないことだが、わたしも小学校低学年の頃には子供版『8・1・3』の犯人に、心の底から驚くことが出来たのである。未読の方は、次の段落まで飛ばしていただきたいが、つまり、――やさしい女の人が、実は凶悪無類の殺人鬼だったと知った時に、それだけで、まさにアッといったのである。ただし、学年が進み新潮文庫で読んだ『Yの悲劇』は駄目だった。これまた未読の方は、次の段落まで進んでもらうしかないが、――なめていると思った。だって、そうではないか。現に、今読んでいる自分に問題なく分かる《鈍器》という言葉が、その年頃の人間には分からないものと決めつけられているのだから。それだけではない。(今になってみれば、別の考え方も出来るが)子供の目から見て、《彼》の行動がおかし過ぎた。作られた幼稚さであり、いかにも無理解な大人が書いた、という気がした。

それはともかく、あの頃は《アッということ》が楽しかった。ミステリに向かうと、驚嘆すべき何かが待ち構えているのではないかと、わくわくすることが出来た。

ところが、人はだんだんすれっからしになって来る。高校時代には、クイーンにならって、ミステリを要素に分けて評価することを考えた。その時、ミステリにおいては《意外性》が花で《論理性》が茎《くき》のようなものだと思っていた。しかし、《意外性》は評価の対象にはならない。いや、なれない。評価はどれも主観だが、その度合いが極端過ぎるのである。そこで、思った。

——同じ《わたし》が対しても、今(高校当時)『8・1・3』の犯人に驚くことは出来ない。小学校の図書館で読んだドイルの『白銀号事件』の結末は意外だったが、今読んだらそんなことはないだろう。現在(これまた、高校当時)、びっくりさせてくれるのは、よほど巧緻に仕組まれた、それも勘ぐるひまなく終わるような短編ぐらいだ。例えば、ヘンリー・スレッサーのいくつかの作品のような。

そこで作った物差しは、結局《意外性への努力》だった。仮に驚けなくとも、どれぐらい仕組みに工夫をこらしているか、である。大体が、ミステリファンというのは裏を読むように出来ている。そういう読み手にとっては、凝った作品ほど意外ではないものだ。だから、戦いの姿勢を評価することになる。

しかし、しかしである。評価云々《うんぬん》はさておき、恋しいのは過ぎにし《時》、物語が驚きに満ちていた《時》である。ああ、女性が犯人だったというだけで、心素直に驚きたい。

——無理だろうなあ。

さて、せっかく懐かしい本がみつかったのだから、もう少し、藤瀬氏の講義を読んでみよう。

3

奇術のタネとバケモノの正体は、知らねばこそ驚きもし、怖くも感ずるものなので、如何なる不思議も、怪異現象も、その秘密をさらけ出されてしまったら、そのときから興ざめがしてしまうのが人情です。

種明かしはするなという戒めである。

前述の通り、藤瀬氏のこの本では、総ての手品に【タネあかし】がついている。一見、矛盾のようだが、そうではない。この本は演じようとする者のために書かれたのである。種を明かしてはいけないのは観客に対してだ。となれば、これは頷《うなず》ける言葉だろう。

ミステリはどうか。演者である書き手が、《タネあかし》をやらなかったら、演技は終わらない。読者というお客さんは、承知しない。ミステリ作家という手品師は、なかなかに辛《つら》い仕事ではないか。

そういうことを考えると、自然、頭に浮かぶ短編がある。チャールズ・ボーモント、『夜の旅その他の旅』（早川書房）の中の哀切極まる物語、「魔術師」（小笠原豊樹《おがさわらとよき》訳）である。

田舎をまわり魔術を見せる老人、マイカ・ジャクスン。黄昏《たそがれ》の時を迎えた男も、舞台に立つ時には、夢の糸を紡ぐシルク博士となる。観客と一体化した至福の瞬間、魔術師は《「種明かしをして！　お願い！　教えて！」》という子供たちの《泣かんばかり》の《懇願》を聞き、身を《ゆすぶられ》る。

そんな無分別なことをして、いいのだろうか。みごとな手品であればあるだけ、すぐあとで種明かしをされれば、興ざめするのが当然ではないか。

藤瀬氏のことはいえない。こうなれば、ボーモントの描こうとした意味を超え、こちらに引き寄せてしまいたくなる。そう、実はわたしは、この「魔術師」の物語を最初に読んだ時から、平原を行く傷心の男に、本格推理作家の影を見ていたのだ。

では、ミステリの謎解きは興ざめに至る道なのか。現にそういうものも、嫌というほど読まされているだけに、うっかりすると頷きたくなる。実はそこには論理の陥穽《かんせい》がある。解けたら興ざめするというのは、《もうその不可思議に胸が轟《とどろ》かなくなる》ということプラス《仕掛けがたわいもない》からである。

本格の場合、前者はすでに前提としてあることである。この世界では、不可思議は解かれるためにある。興ざめは解かれない時に起こるものだ。ならば、問題はない。

問題は後者の方である。シルク博士の種明かしを見た子がいう。《なあんだ、馬鹿みてえだ！》。

これは、本格推理作家の背に突き刺さるかもしれない矢だ。しかし、友よ、それは冒《おか》す値打ちのある冒険なのだ。

知りたいという《泣かんばかり》の《懇願》が本格推理を支えている。どう抗《あらが》うことが出来よう。その願いに身を《ゆすぶられ》、秘義を語り出す者こそが本格推理作家なのだ。

4

彼の演技は、種明かしまでをその内に含んでいる。《奇術のタネとバケモノの正体》を知りたいというのもまた《人情》。それに応え、表の現象のみならず裏の仕掛けにまでも驚いていただき、満足していただかねば芸は完成しない。一粒で二度おいしくなければいけない。そういう仕事なのだ。

さて、藤瀬氏の講義中やはり種に関することで、こちらはそのままミステリに当てはまると思ったことがある。

よく初心の人にはこの「タネ」に頼り過ぎる人が驚くばかりに多い。デパートの奇術材料売場や、時には夜店でタネを仕入れて来て、直ちにその日から奇術を公開するというような乱暴な人さえ珍しくありません。

奇術は舞踊や芝居とは違いますから、それで通る場合もないではありませんが、これでは料理を知らぬ人が折角の材料を殺して、あたら珍味を台無しにするのと同様で、まことに勿体ない極みであります。

「タネ」は「トリック」に置き換えられるのではないか。ただし、デパートにトリック売場はない。あったらどうかと想像するのは面白い。西洋悪魔のような格好をした謎の商人が、《さあ、お嬢ちゃん、お坊ちゃん、密室の「松」が二千円、アリバイの「梅」が六百円だよ》《叙述トリックはないの？》《あいにくだねえ。最近、人気で、売り切れちゃったよ》という具合。まあ、そうもいかないから自分で考えることになる。

　当人には独創的と思えるトリックが浮かんだとする（客観的に見てもそうだということは、まずあり得ないのだが）。それが話の中に組み込まれ、人に読ませても失礼でない作品になるかどうか。これが難しい。

《乱暴な人》が、えいやっと書いて、《それで通る場合もないではありません》。何せ、《舞踊や芝居とは違いますから》。

この場合なら、《舞踊や芝居》は《小説》といい換えて一向にかまわない。こういう点は、わたしには面白いし、ジャンルの持つ、浅さではなく、嬉しさだと思う――。（つまり、わたしはこの《乱暴な人》が好きだということですね）。

ことに短編などでは、トリックだけそこに置いても、成り立つということはあるだろう。いっそ清々《すがすが》しい、ということさえあるかもしれない。

だが、引用文の後半を味わうと、別のことも考える。その辺を次回に語ろう。

第五回

謎解きと物語

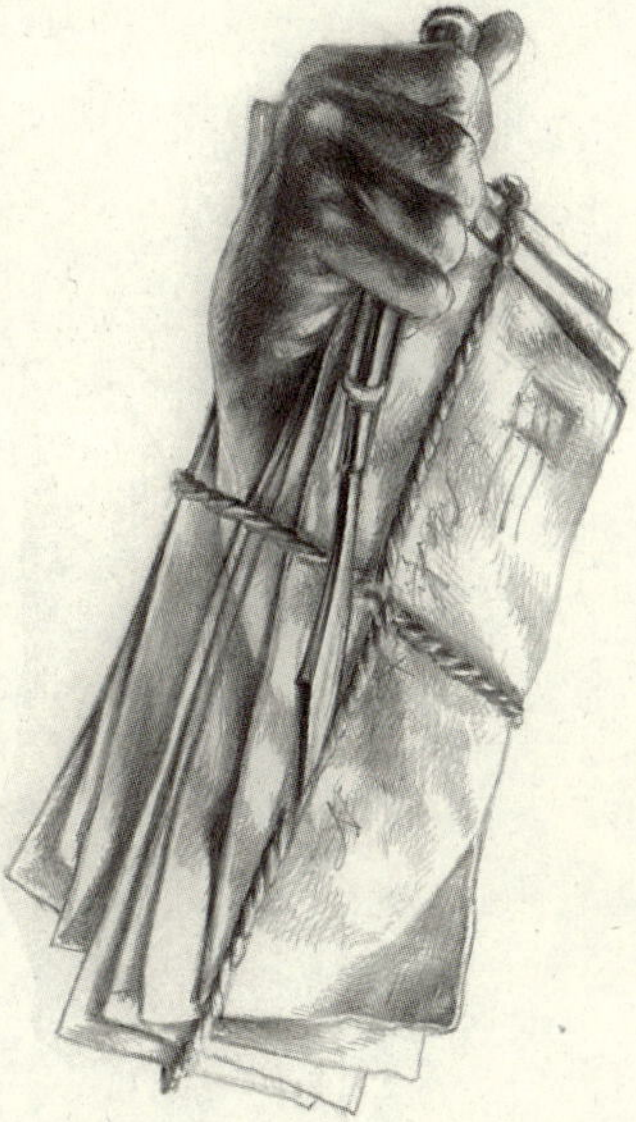

1

トリックさえ驚天動地のものなら、素晴らしい《謎解き》さえあるなら、小説としての結構など、どうでもいいではないか。本格ファンの心の底には、そういう気持ちがある──と、思う。

ミステリとは即ち、謎をお話にしたものではないか。肝心なのが何かを忘れてはいけない。作品評価の第一のポイントは、トリックであり、論理の妙だ。そう怒り、真面目に正道を歩もうとしている者には、《俺がついてるぞー、しっかりやれー》と、声をかけたくなるのが本格ファンだろう。

心情的には、わたしもそうだ。しかし、実際問題となると、蝙蝠《こうもり》的になってしまう。ことはそう簡単に運ばない。

まず、《驚天動地》の独創的アイデアなどというものは、ほとんどあり得ない。アイデアだけで、読む者を感心させるということは、ほぼ不可能なのである。

今、思いついた例をあげれば、キングの『ダーク・ハーフ』。《作家が頭の中で作った人格が、作者を殺しに来る》という着想がそこにある。

あれに類する話に、初めて出会った時には、たまらなく面白く感じたものである。海外のショートショート集に載っていた。学生時代、何でも読んでいる神様のような先輩に教えてもらった。今、手元には資料がないので、題名も作者名も分からない。*

こんな話だった。

バルザックのように人物再出法を用いる作家が、ある登場人物を世にも不幸な男と設定する。これでもか、これでもかとばかりに、悲哀の淵《ふち》に沈めて行く。すると、ある夜、彼は、ついに作家を殺しに来るのである。

かなりの数の作品が収録されている本だったが、題と作者を覚えているのはエルネスト・エロの（艶笑譚《えんしょうたん》なので、ちょっと気がひけるが、実に手がこんでいた）「手袋」だけである。この二作以外は、全部つまらなかったと思う。

次に出会ったのが、レスリー・P・ハートレーの「W・S・」（坂本和男《さかもとかずお》訳）。これは集英社の世界短編文学全集2『イギリス文学20世紀』に入っていた。

作家、ウォーター・ストリーターのもとに、《W・S・》の署名のある奇妙なファンレターが、次々に届く。葉書の差し出し場所は、一枚ごとに近づいて来る。イニシャルが同じことから、彼は自分が分裂症になった可能性を考えてみる。《W・S・》とは、もう一人の自分ではないか。

次の葉書には、こう書かれていた。

「お元気でしょうね。コベントリイからの絵はがきをお気に召して戴けますか」彼は読んだ「あなたは恥をかかせられたことがありますか？　私はあるんです。（中略）あなたの小説をまた読み直しておりました。その中に住んでいると云っても良いでしょう。また固い握手を　W・S・」

彼は小説の中で《徹底的に憎しみをこめて書いた》、《あらゆる種類の悪徳を附与》された男のことを思い出す。ウィリアム・スティンフォース。葉書の投函《とうかん》場所は、さらに近づいて来る。警察に保護を願い出た彼は、家の外に警官の姿を見て安堵《あんど》する。家政婦は、そんな人は見なかった、といったが《彼女はあまり眼がよくないので、ウォーターが数分たって行ってみると事実はっきりその姿を見ることが出来た》（うまいですねえ）。彼は夜、警官を部屋に通す。そこで電話が鳴る。警察からだった。連絡不徹底のため、護衛の派遣は出来なかったというのだ。

作家と、彼の作り出した悪の権化との対話。最後に、彼は絞殺死体となって発見される。結びはこうである。

加害者に関して、手がかりはなかった。ただ、テーブルの上と彼の衣服に溶けかかった雪片があった。しかしどうしてそこに雪があったかはいつまでも解けない謎であった。なぜなら、彼の死んだその日どの地方からも降雪の知らせはなかったのである。

いったん妄想かとふっておいて、この雪を持って来る。繰り返しになるが、——うまいものですねえ。

勿論《もちろん》、《創作された人物と作者が会う》というように条件を広げれば、当てはまる作品の数はもっと増える。いいたいのは、《その相手が殺しに来る》というごく特殊な形に限定しても、即座に複数の話が浮かぶということである。わたしが出会っただけでこうなのだから、実際の作例はもっともっとあることだろう。

要するに、人間が考えて、書くようなことというのは、大体において別の人間がすでにやっているのだ。そして、この発想をメイン・トリック（のようなもの）と考えれば、『ダーク・ハーフ』は前例のある作品ということになる。

——といえば、《何を馬鹿げたことを！》といわれるだろう。その通りだ。

キングの場合には、その人格が《登場人物》ではなく、《もう一つのペンネーム》だから——ではない。前例云々《うんぬん》、などということ自体が無意味なのだ。『ダーク・ハーフ』は、紛れもなく、あのスティーヴン・キングのものだ。

そうなのだ。結局は、それをキングという作家が、自分の問題として書いた、それによって《トリック》が生かされ、作品となった。物語の値打ちとは、そういうところにあるものだ。

結局、トリックの独創性を誇ることは困難だし、一方で前例があろうがなかろうが、いいものは（わたしは、『ダーク・ハーフ』がキングの飛び抜けて優れた仕事とは思わないが）いいのである。

2

では、驚くべきトリックを用いた作品は、まったくないのか、といえば、これは、ある。ご存じ、『占星術殺人事件』などは、その最右翼であろう。

しかし、これまた非常に分かりやすい例だが、あのトリックは、あの形で、あの島田荘《しまだそう》司《じ》によって書かれたから《凄い》のである。あの仕掛けを《占星術》とからめることもなく、だらだらと書いたら、《おかしなことを考えたね》といわれるだけだろう。そして、《これは、長々書いても効果ないね。誰か巧《うま》い人が、奇妙な味の短編にしたら面白いものになるよ》という辺りに落ちつくのではないか。

そのことは、同じ作者の『北の夕鶴2/3の殺人』でも分かる。同種のトリックを使った、氏自身の短編に比べて、長編の方は、まさに壮絶ともいうべき傑作になっている。

そこで、前回の最後に引いた藤瀬氏の注意だが、――まことにその通りだと思う。本格ファンなら、トリックの一つや二つ、考えない人の方が少ないだろう。

幼い日、乱歩の少年探偵シリーズに、たまらない面白さを感じた子供は、きっと自分でも新しい「何とか怪人」という設定を、そしてトリックをひねり出したろう。忍者物漫画（古い！）を連載した少年週刊誌には、読者の案出した忍法がよせられたろうし、野球漫画（これまた古くなってしまった）の場合なら、新しい魔球のアイデアがよせられたろう。そういうことを、考えずにいられない人間はいるのである。

同様に、本格ファンならトリックを考える。考えたら書きたくなるのは人情だ。《タネを仕入れて来て、直ちにその日から奇術を公開するというような乱暴な人》を、わたしは好きだ、と書いた。どうして好きにならずにいられよう。そこにある心躍りこそ、まさに本格の喜びではないか。だから、そういう作品に好意を持つ。分かる分かる、と思う。

しかし、そのことと、それを《いい作品》と思えるかどうかは、別問題なのだ。

そのタネは大抵の場合、格別のものではないし、ごくごくまれにタネがよければどうしても料理の仕方に注文をつけたくなってしまう。短編なら、《よい刺身》ということもイメージ出来るが、それはそれで、実はただ置けばいいというものでもない。やはり板前の腕がいる。

《普通の人》は思うであろう。——何をいっているのだ、お前は。結局、いうまでもないことを確認しているだけではないか。

だが《本格》という言葉にこだわりを持つ人間は、こういう回り道をして、しかも、しぶしぶながら、でなくては、ここにたどり着けないのだ。

3

では、トリックと物語とは、どのような関係にあるものなのか。――こう、いい換えてもいい。どのような時に、トリックは物語になるのか。

さまざまな場合があるだろう。勿論、文章の力のみでも、それはなし得る。何事もなくとも、姉妹が寝ていると活けられた椿《つばき》の花が落ちた――というだけでも作品は出来る。分かり切ったことだ。それが表現というものである。

さて、別の角度から見た好例を、わたしは、たまたまつけたカー・ラジオで耳にした。スイッチを入れた途端、日本映画界の生んだ不世出の名カメラマンの名が聞こえてきたのだ。宮川一夫《みやがわかずお》。

ある方に教えていただいた日外アソシエイツの人物情報によれば、宮川は《映画の興隆期から衰退期へと激動の昭和映画史をそのまま歩いた。その間、稲垣浩《いながきひろし》、溝口健二《みぞぐちけんじ》、黒澤《くろさわ》明《あきら》、市川崑《いちかわこん》、篠田正浩《しのだまさひろ》監督らとコンビを組み、数多くの名作を手がけ、撮影賞も数え切れない》。代表作は、『無法松の一生』『羅生門』『炎上』『おとうと』『用心棒』『東京オリンピック』『はなれ瞽女《ごぜ》おりん』『瀬戸内少年野球団』などなどなど。こう並べてみれば、彼の目を通してスクリーンを観たことのない者の方が少なそうだ。

その宮川のことが、NHKスペシャルで取り上げられた。題して『キャメラも芝居するんヤ』。それが話題となっていたのだ。この番組は、見ようと思って見逃したものだったから、自然、わたしは聞き耳を立てた。

というわけで、又聞きになる。わたしの聞き取り違いもあるかもしれないが、こんな風な話だった。

宮川一夫は天才である。それまでタブーとされていた逆光の画面を撮ったりして世を驚かせた。ジョン・フォードが、黒澤明のある映画を観て、あっといった（これを『蜘蛛巣城』と聞いたつもりで、人にそう話したりもしたのだが、完全な記憶違い。『蜘蛛巣城』の撮影は、宮川一夫ではなかった。そんなこともあって、先程の断りを入れたのである）。そしていった。《この映画には撮影不可能なシーンがある》。

ね、面白いでしょう。

三船が馬に乗って、森を疾駆する。普通の道でも難しいのに、カメラは木々の繁る中を、どこまでも追う。ついて行くだけでも驚くのに、何とピントは終始ずれない。フォードは続ける。

《こういう場面を俺も撮りたかった。だが、どうしても出来なかった。――クロサワ、どうしても出来ないことが、なぜ出来るのだ？》

この台詞《せりふ》など、ほとんどこちらの創作になってしまった。フォードが黒澤に会って、そんなことを尋ねたかどうかは分からない。しかし、こうなれば、どうしてもいわせたくなるではないか。フォードの疑問は、我々の疑問でもある。延々と撮影カメラのレールを引いたのだろうか。

高まる解決への期待。そう、これこそ、飛び切りの不可能興味である。

解明は実に見事なものだ。

宮川は、森の中の木を円形に切り払った。空き地が出来る。その大きな円の中央にカメラを据える。お分かりだろう。三船の走る道は、どのようにつけられたか。それは、カメラを太陽とした地球である。無限の軌道。ハイヨー、と馬を走らせれば、カメラは彼を追い、中央でゆっくりと回る。フィルムの続く限り、いつまでも三船は駆けられる。深い森の中を。

素晴らしいと思う。――どこが。

《密林の中を走る馬を、どこまでもカメラで追いかける方法は？》という問に対し、答が書かれているだけでは、ただの撮影に関するアイデアメモである。頭の体操である。

しかし、ここにあるのは魅力的な物語ではないか。

謎は、ここではどういう意味を持つか。

それにより、黒澤明やジョン・フォードの情熱を語り、興隆期日本映画界の意気を、青春を実感させる。時代の空気を、風を現出させる。

その解明には、膝《ひざ》を打つ快感がある。そして、ただの快感にとどまらない。謎は、解けることによって、主役宮川一夫の天才を鮮やかに物語る。

ここでは、トリックがなければ物語は成立しない。いや、トリックこそが物語なのだ。

このような形も、あり得るのだ。

4

前節にも書いた通り、トリックを物語にする方法は一つではない。書き手の数だけある。殺すのは作中犯人の役目である。せっかくのアイデアを見殺しにしないよう、努めるのが作者なのである。

＊本は荒地出版社の『一分間ミステリ』（二宮佳景編）、短編は「作家の最期」、作者はあのS・A・ステーマンであった。

第六回

懺悔《ざんげ》と叙述トリック

法月綸太郎《のりづきりんたろう》『密閉教室』の内容に触れているところがあります。未読の方はご注意ください。

1

アイデアというものには、ほとんど必ず前例がある——ということを書いた。

その後、「シリアル・ママ」*という映画の紹介を読んだ。まことに面白そうである（まだ観ていないのだが）。ごく普通のおばさんに見える女性が、実はなかなかの人。借りたビデオ・テープを巻き戻さないで平気で返したりする——その手のヤツを見かけると、即座にえいやっと殺してしまう。彼女が皆の人気者になるらしい。

そこで、すぐに思い浮かべたのがジャック・リッチーの『年はいくつだ』。日常生活の中で平気で人を傷つける人間、無神経な人間が、次々と殺されていく。同種の犯行を始める者が現れて、《こういう人がもっと増えなくてはいけない》という結びだったと思う。荒地出版社の本で読んだ。その少し後、古い「宝石」の雑誌評欄で、これとしか思えない作品が《傑作》と書かれているのも発見した。掲載誌は「ヒッチコックマガジン」、そちらの題は「礼儀が大事」となっていた。作者は、勿論《もちろん》リッチー。同じ作品だろう。

そこで考えてしまう。これを知っていたら、書き手としては、たとえば「シリアル・ママ」という作品は書きにくい。ところが読者としては、書いてもらって読みたい。この辺の呼吸が難しい。

勿論、それがパターンであり、ジャンルであるなら、構わない。《ロミオとジュリエット》というパターンの物語はいくつあるか分からない。《密室》というジャンルの作品なら、それで特集が組まれてしまう。

ただし、それが《特定の密室トリック》となったらいけない。知っている作品のものを使うわけにはいかない。

そう考えた時に恐いことがある。実は、学生時代に読んだ作品というのは比較的覚えているのだが、最近の本格物のトリックを、ほとんど記憶していない。頭に残らない。昔のことはいくらでも話せるのに、今朝食べたものはいえないようなものだ。老化現象という意味でも恐いが、しかし勿論、問題は別である。読んだ作品のトリックを、うっかり使ってしまったら大変だ。《いやー、あれは面白かったですねえ》などとしゃべっていたものを、一年経って書いていたら困る。

ここまで書いたところで思い出した。懺悔になる。

実はわたしは、それがトリックの範囲に入るのか、それとも一般的な生活の知恵なのかを迷いながら、先行作品のある《仕掛け》を使ってしまったことがある。

問題の作品は、法月綸太郎さんの『密閉教室』。未読の方は、次の節まで飛ばしていただきたい。

さて、わたしの『秋の花』という話の中にはコピーが出てくる。

つぎはぎのコピーで資料作りをするのは私も日常的にやっていることだ。本文を切り取りたくない場合はコピーしたものを切って更にコピーする。

ここである。法月さんの『密閉教室』にも、コピーした文章を切り抜き、また貼ってコピーするというところが出てくる。読んで、《困ったな》と思った。その時には『秋の花』

は、もう頭の中に全部できていたのである。

しかしながら、おそらくこれは世間で、ごく普通に行われていることだろう。『秋の花』、前出の部分の続きはこうだ。


いかにもつぎはぎらしいアウトラインが気になる時はホワイトを使って消し、またコピーする。


これなど、例えばコピーを使って同人誌を作ったことのある人なら、たいていやっているのではなかろうか。というわけで、結局、身勝手ながら、《一般的に行われている生活の知恵》と解釈して、書かせていただいた。だが、すでに文字にした作品があるということは重い。

その後、法月さんにお会い出来た機会に《申し訳ありませんでした》とお詫《わ》びをした。ここでもう一度、——法月さん、申し訳ありませんでした。

書く立場になると、トリックということに関しては、こういった具合に神経を使うものなのである。

2

さて、このところ想像を絶するような事件が相次ぐ。

暴くべきことを暴き、知るべきことを知らしめる報道の力は大きい。

しかし、一方で、このような時に毎度いわれることながら、関係者の家族へ、これが人間のやることかと疑いたくなるような、しつこいというよりは、あくどいインタビューには、いう言葉を失う。

今回は、忘れ難い叙述トリックの傑作をご紹介したい。実は、そういうことと無縁ではないからだ。

作曲家服部公一《はっとりこういち》氏の「やっこらしょ、どっこいしょ」がそれである。文春文庫の『巻頭随筆』に収められている。

文章は三段に分けられている。まず、こう始まる。

　松木先生の英語の授業には、中学一年の生徒は毎時間死にものぐるいであった。先生の質問にあやふやな返答をしようものなら、その罵詈雑言と共に使い古しのちびたチョークがなさけ容赦なく機関銃のたまのようにとんで来た。

恐い先生の話である。こういう先生を持てた生徒は幸せものである。

我が恩師にも、秋霜烈日といった方はいらっしゃる。ある時、地元の病院で看護師さんと世間話になった時、こういわれた。

「あ、H先生に教わったんですか」

「はい」

「わたしもね、先生が女子校にいらした頃に教えていただいたんですよ」

世の中、狭いものである。さらに看護師さんは続けて、

「ちょうど今日、東京の医大の先生がいらしてて、その方もH先生に教わったんですって」

「はあ」

「顔を見合わせてね、二人で思わずいっちゃいましたよ」一呼吸、置いて、「《恐かったですねえー》」

わたしも頷《うなず》き、

「恐かったですねえ―」
H先生を囲む会は、今も不定期にある。
さて、そのような、ありがたくも懐かしい恩師の思い出話かと思うと、二段目はこうなる。

不幸にしてMは背の低い少年であったから、最前列教卓のすぐ前にいつも坐っていた。

友人のことになる。

ちびのくせに、フットボールの試合などでは、独活《うど》の大木のような私をはねとばすようにかけまわるファイトマンの彼も、松木先生の授業の前に、その席のせいか、あるいは生来のまじめさの故か、いつもかなり緊張して、細心の下調べをしていた。そして始業のベルが鳴るとつとめて気をひきたたせるようにおどけた調子で、
「やっこらしょ、どっこいしょ」

と調子をつけてドスンと椅子に腰をかけ、この苛酷な授業を待つのであった。

不思議な題の意味も、ここで明らかになった。これは《古きよき時代》の思い出話だ。——わたしは、そう思った。

《M》という同級生については、さらに次のように語られる。《お袋さんと二人でつつましく暮しているということで、弊衣破帽《へいいはぼう》の悪童連の中で、お袋さんの配慮のゆきとどいた清潔なみなりをしている例外的な生徒であった》。この友人を描くことで、そこにあった《若き日》を出現させようというのだな、と思った。

最後の段落は、二十数年ぶりに開かれた同期会のことから始まる。

彼、村川政義は、みちがえる程立派な面がまえの日航の国際線機長だった。

やはり、パターン通りの、功なり名とげた人物達の懐旧譚だった。——わたしは、そう頷きかけて、ふと考えた。先程まではイニシャルの《M》で語られていたのに、なぜ、ここで《実名》が出てくるのだろう。

いぶかしく思いつつ、読み進んだわたしは、あっと息を呑《の》んだ。

そして、再会後数ヶ月の昭和四十七年十一月二十九日、彼はモスクワ・シェレメチェボ空港で離陸に失敗して墜落したDC8の機長として死んでしまったのである。

3

名前が出たのは、成人した彼が《あの人物》になった、という意味なのだ。抑えに抑えた、しかし、激しい憤《いきどお》りの言葉が続く。

えものにうえていたはげ鷹のように、マスコミはその事件をとり扱い、機長の気のゆるみがこの大事故の原因ではないかとまことしやかな推論をたてた。

この文章を語るのに、レトリック、ましてやトリックなどという言葉を使ったら、服部氏の怒りはわたしに向かうかもしれない。しかし、わたしはトリックの四字を、真剣に使っている。こういう形を取らなければ、決して伝えることのできない思いが、ここにはある。

続く二行は、わたしをまたまた、あっといわせ、ことの総《すべ》てを明らかにしてくれた。

それが証拠に、ボイスレコーダーの録音テープに、

「やっこらしょ、どっこいしょ……」という機長のおどけた声が残っているというのである。

一面的な報道に対する個人の抗議は、力弱い。——ましてや、当人が死んでいては。だが、生きている友は、——はるかに遠い青春の日々を、共有した友は知っていた。ことに当たらんとする時の、彼、村川政義《むらかわまさよし》の口癖が何だったかを。

世間を相手に、その誤解に一言できる者は自分しかいない。自分がいわなければならない。そういう熱い思いが、この文章を書かせている。

であるのに、核心に至るまでの筆致の、この抑制はどうだろう。見事としかいいようがない。

当たり前に書くなら、この文章は、モスクワにおける事故から始まるだろう。謎。そし

て、ボイスレコーダーの発見。第一の結論。その否定と論証。こうなる筈《はず》だ。だが、筆者は《英語の先生》から始めた。

いってみれば巧《たく》みに巧んだ文章である。それなのに、少しも嫌みではない。仕掛けが単に読者を驚かせるためのものではないからだ。時の歩みの中で、出会うことになってしまった事件。それに対する自らの驚きを、運命の理不尽さに対する怒りを、読み手に、共有してもらうための必然の書き方だからだ。

読者は何の先入観もなしに、まだ《あの人物》ではなかった頃の《M》と出会う。そして、その教室で筆者と同じように彼を知る。読み返してみれば実に慎重に選ばれた言葉を、――《ファイトマン》《生来のまじめさ》《緊張して》《細心の下調べ》と拾っていきながら、思わず目頭が熱くなるのは、わたしだけだろうか。

その一語一語は、人柄を語るものであると同時に、抗議である。無量の思いである。

文章は、こういう一行で結ばれる。

早いもので彼の一周忌もすぎてしまった。

4

前回は不可能興味を解くトリック、今回は叙述トリックの実例を取り上げた。

それぞれ、仕掛けこそが《物語》であった。こういうことは、やろうと思って出来るものではない。服部氏の文章を《巧みに巧んだ》と書いた。それはそうだ。しかし、今も述べた通り、それが最も《自然な形》でもあるのだ。

トリックというのは、当然ドラマチックなものである。トリックと物語は、手を取り合って作者の心に浮かんでくる。それが、自然であるように思える。

勿論、巡り会う恋人同士のように、何年も前に考えたトリックが、実はこの話のために生まれたものだった、と気づくロマンチックな瞬間も、この世にはあるだろう。

いずれにしてもトリックと物語は対等の結婚相手なのである。

＊その後、『シリアル・ママ』を観たが、ここで取り上げたような類いの作品ではなかった。主人公は、異常者として描かれていた。いうまでもないが、リッチーの小説では、主

人公こそが健全なのである。

第七回

芥川の《昔》

1

昨今では、人の死なないミステリ、特に日常性の中の謎、などといったタイプの作品に出会うと、もうそれだけでうんざりする——ことが多い。坂口安吾《さかぐちあんご》の『アンゴウ』を初めて読んだ時のような、胸の震えを覚えることは、まずない。

わたしだけではなく、そういう読者が増えているのではないか、と思う。

何故か。

ことは、実は単純ではない。しかし、《あきる》という観点からいえば、《密室》よりも、こちらの方が確実に《あきる》。

考えれば不思議である。《密室》とは、いわば問題の一つの型である。しかし、《犯罪でない謎》には様々な種類のものがあるだろう。それでいて、ミステリとして向かい合った時には、《密室》の方が《あきない》のである。

そこで、問題は必然的に、

①なぜ、こちらの方が《あきる》のか。

②《あきる》から、うんざりするのか。

という段階に発展する。うーむ、なかなか面白い（面白くない人もいるだろうが）。

わたしの答は、勿論ある。が、ここでは書かない。

話は、《作品の中で人を殺す》という方に向かう。

いかなる現実の事件があろうとも、現代日本は、古今東西を通じて最も人の命の高い国であろう。そこに生きる書き手にとって、人を殺す、というのは難しいことである。

ところで芥川龍之介《あくたがわりゅうのすけ》は、自分が歴史物を多く書くことについて、『澄江堂雑記』の中で、こう語っている。

> テーマを芸術的に最も力強く表現するためには、ある異常な事件が必要になるとする。その場合、その異常な事件なるものは、異常なだけそれだけ、今日この日本に起こったこととしては書きこなしにくい。もし、しいて書けば、多くの場合不自然の感を読者に起こさせて、その結果せっかくのテーマまでも犬

死にをさせることになってしまう。

そこで、時か所をずらす。舞台としての《昔》そのものに魅力を感ずる、ということもある。しかし、《主としてぼくの作品の中で昔が勤めている役割は》、異常な事件を自然に見せるということだ、という。

ところで殺人は、現代日本において、間違いなく異常な事件である。だが芥川流に、時と所を替えれば、それも、珍しくないことになるだろう。少なくとも、衝撃の度合いは違ってくるだろう。

こういうことを書き始めたのも、実は、ある作品に出会ったからである。

臨川書店から『ジュール・ルナール全集』が出始めた。その第一巻に収められた『村の犯罪』（大竹仁子《おおたけひろこ》訳）を読んだのである。

2

『にんじん』は、小学生のわたしにとっては、顔をそむけたくなる、実に不快な本であった。それだけの暗い力を持っていたともいえる。

中学生の時、駅前の本屋さんの棚に『博物誌』という背文字を見た。シートンの『動物記』やケンリーの『博物記』のお仲間かと思った。開くと、これが違う。愛読書になった。その著者が即ち、あの恐るべき本の作者でもあったわけだ。

もはや古本屋さんで見かけることも少ない三笠書房版『現代世界文学全集』では《ルナアル》と表記され、何と第一回配本の第一巻となっている。ちなみに、第二回配本がモームの『人間の絆I』、第三回がヘミングウェイ『誰がために鐘は鳴る』である。

蛇足だが、抱き合わせではない、一人で一巻。収録作品は『にんじん』『葡萄畑の葡萄作り』『博物誌』『晩年の日記』。人気があったのだろう。はるかに遠く、昭和二十八年の刊行である。

その彼の全集の、平成となっての刊行を知り、やはり嬉しく、手に取った。

さて、『村の犯罪』は、彼の最初期のものである。父親に捧げられた短編集の冒頭の作品。

ロレ親父は雌牛を六〇〇フランで売ろうとしている。コラール親父は五〇〇フランに値切ろうとしている。

今夜もコラール夫妻が訪れたが、交渉ははかどらない。亭主達は、論争の場所を居酒屋に移す。女房達が残される。二人は噂話の果てに、亭主のことも省かず槍玉にあげた。もっとも儀礼上互いに相手の亭主を羨むそぶりは見せた。

「話に乗ってもいいよ」とロレの内儀さんが言った。

早い話が、《うちの亭主を譲ってもいいよ》というジョークである。石は転がり出す。

この思いもかけない考え、ただ求めさえすれば、どこであろうと、ベッドの中でも、背中の上でも、新たにまっさらな別な男と懇ろになれるのだという考えが彼女たちをどうしようもない馬鹿笑いで揺さぶった。二人は涙を流してこの考えをゆっくり楽しんだ。絶えずこの話題に戻った。

会話の石は、加速度をつけてきわどい転がり方を見せる。この空気、雰囲気が伏線。やがて、二人は話し疲れ、下着姿になり、ベッドに並んで横になる。ロレの内儀さんは、ぐっすりと寝入ってしまう。そこでコラールの内儀さんは、《いいことを思いつい》た。

重たい掛け布団を全部自分の方へ引っ張って丸め、シーツの下に押し込み、自分がそこに寝ているように見せかけた。それから自分は壁との隙間にそっと入り込んだ。

驚かしてやろう、というのである。罪のない悪戯《いたずら》だ。ロレの内儀さんはシーツを引かれて目を覚ます。隣に《起きて》といっても返事はない。シーツはさらに引かれる。闇は恐怖を倍加させる。

自分の脚に沿って何かが起き上がってくるのを感じた。身体を支えようとして動いた時に、手が鉄の燭台に触れた。彼女はそれを摑むと、力を込めて頭上に持ち上げ、力任せに何度も打ちすえた。

3

いかがであろう。まことに見事な運びではないか。心理の動きに無理がない。そして、妖《あや》しい色気がある。

この話を読み終えた時に、わたしが真っ先に感じたのは、《これは落語にしたら面白い》ということである。この奥さん二人の、ねっとりとしたやり取りは、当然、六代目圓生のものだ。

《待て》という人がいるだろう。《落語のことはどうでもいい。流れが変だぞ。これだったら無理に時と所を替えなくてもいい。今でもいけるではないか！》。

そうなのだ。実は、総《すべ》てはこれから、なのだ。

亭主達が帰って来る。被害者の連れ合いはいう。《こいつあ面倒なことになるべ》。そこでロレがいうのである。

「お前にゃあれを五五〇で手放すよ」

わたしは、ここで、あっといった。凄い。そうくるのか。

これは枝雀にいわせたいではないか。《こりゃあ、おおごとになるぞ》という相手の台詞《せり》

詞《ふ》を受けて、上目づかいに沈黙。ややあって、狡《ずる》そうに《……五五〇》と。

コラールの反発。《五三〇》と、ロレ。コラールの怒り。ロレは、それならそれでいいという思い入れ。《おめえが大騒動にしてえんだから、もうその話は止めるべ》。そこで、コラールの返事はこうである。

「おめえは雌牛のせいだって思うんだべなあ」

これも間を置いて、咳払《せきばら》いの一つも入れて、いってもらいたいものだ。小さんが仏頂面で、ゆっくりと、つぶやいたらどうだろう。

亭主達の攻防は続く。

「もうけりをつけるべ、五〇〇で持ってけ」

コラールが手を差しだした。

「これで決まった。あいつは石畳の上で転んで死んだというべ」

そして、取引成立の時にはいつもするように、彼らは互いに手を強く叩きあった。

この辺までは、そのまま米朝・枝雀の落語の世界に持って行けるだろう。ただし、続く一節は小説のものである。

死体が虚ろな目で二人を見上げていた。

これを落語に入れるとしたら、《しかし、可哀想なことをした》といって亭主達が見やった後に、枝雀が《顔》で演じるしかなかろう。効果はまったく違ってくる。

ところで、《犯人》はどうしているかといえば、こう書かれている。

「こったら黒目の雌牛が五〇〇フランとはねえ、高くはねえ」

しばらくして、彼女は言い切った。

「ただ同然だ」そして彼女は床を洗い少し片づけるために、小屋の中へ戻った。

この話も、プロットだけなら現代に移せるかもしれない。雌牛に当たる何ものかを、上手に設定すればいい。

しかし、それはきっと、顔に譬《たと》えれば、妙に眦《まなじり》の上がった作品になるだろう。登場するのは、まさに極悪非道の輩《やから》であり、生まれるのは、死体を前にした、ぎすぎすしたやり取り。――つまり、落語にはなるまい。

この世界でなら、お隣の熊さんが、その台詞をしゃべり出すかもしれないのだ。言葉は非情のものではない。それが大事なことではないか。ルナールは《ラクゴ？》と、びっくりするだろうが、この作品の値打ちは、そこにある。

そう、同様に、時代ものに取り組む人は、それぞれ、その形でこそ作品となるものを書いている。咄嗟《とっさ》に浮かんだ、分かりやすい例をあげれば、宮部みゆきの『幻色江戸ごよみ』巻末の「紙吹雪」。

あのページに舞った《雪》は忘れ難いものである。あれが現代で、高利貸しをサラ金にし、女の子がビルの上で――とやったら、つや消しだろう。未読の方のために、多くはいわないが、あの《紙吹雪》は、まさしく江戸の空に哀しく踊ったものである。そして、その形をとることにより、現代にも生きる普遍の物語となったのである。

そう思えば、今、ここ、を舞台にとっては描けない真実、というものは確かにあるのだ。

4

曲がりくねった、話の運びになったが、ミステリと《人殺し》に返ろう。

芥川は、異常な事件を自然に見せるため、舞台を昔にとるといった。では、《人殺し》を自然なものとするために、本格ミステリ作家が同様の方法を採る――ということが、考えられるだろうか。

鑑識上の問題、つまり、孤島としての《昔》などといった要素は、この場合、考えに入れない。あくまでも、今、述べた意味で、である。

結論をいえば、採れるだろうが、それはおかしい。

なぜなら、本格ミステリ作家にとっては、ミステリそのものが、芥川における《昔》である筈《はず》だ。そうではないか。

5

先日、本格を論ずる座談会があった。その席上で、綾辻行人《あやつじゆきと》さんがおっしゃった。《北村さんは、いつか、カーやクイーンのようなものを書いてくれるのではないか、と思っています》。

しびれる言葉である。

書きたい、という思いは強い。しかし、と逆接で繫《つな》げたくはないのだが、それは、わたしにとって得難い樹上の果実である。

本格ミステリ作家なら、その形でなければ作り上げることの出来ない、永遠なる世界の完成をめざして鑿《のみ》をふるうべきだし、また、そうしている人こそが、本格ミステリ作家なのである。

ところが書き手としてのわたしは、正統本格の懐かしい《昔》に未だ入れず、緑の扉の外から内をうかがっているところがある。

これは、自分でどうすることも出来ない。ものを書くというのは、まことに不思議な仕事である。
ただ、勝手ながら、いえる。
——その地でこそ舞う《雪》は、あるのだ。

第八回

魅せる踊り

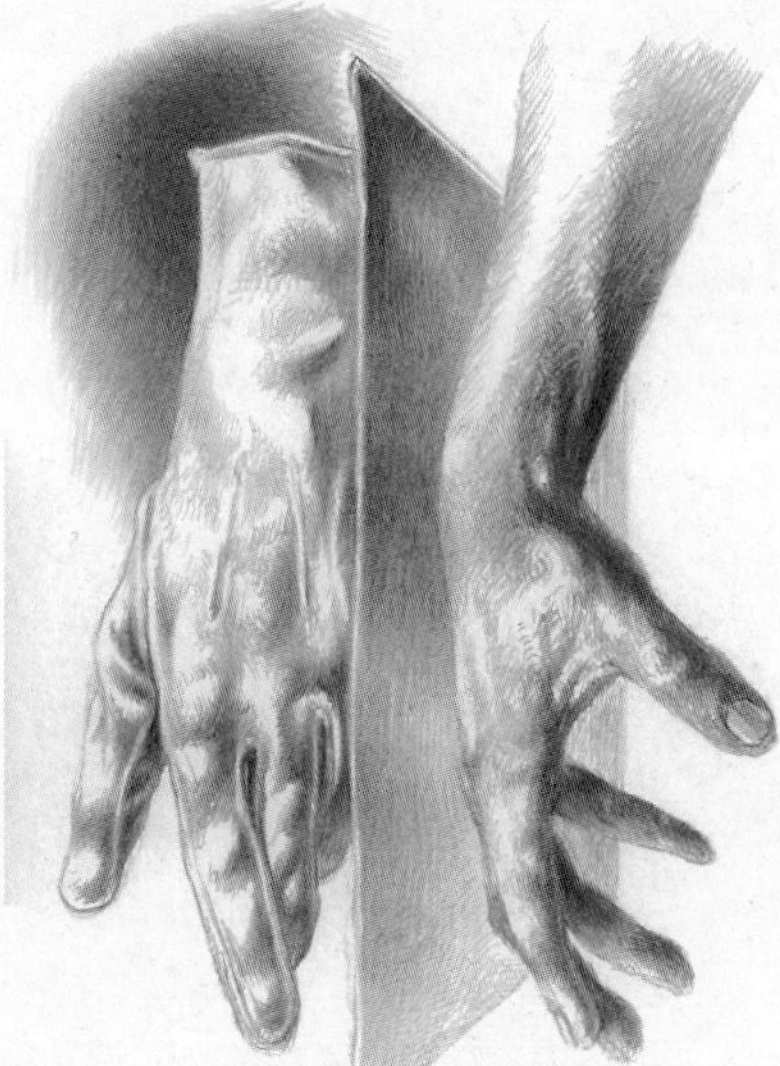

1

数藤康雄《すどうやすお》さんから、アガサ・クリスティ・ファン・クラブの機関紙『ウィンタブルック・ハウス通信』をいただいた。その一日前のことである。

辻桃子《つじももこ》さんの『俳句って、たのしい』(朝日文庫)を読んだ。

――辻さんは、町内会の運動会で三人四脚に出るはめになった。その時、脚を結んだ相手の《十七、八の若い衆《し》》が、新聞の集金にやって来た。玄関の句集の山を見て驚く彼に、辻さんは句作を勧めた。二、三日して、《「俳句出来ました、出来ました」》。《どんなの?》と聞くと、

おばさんと思っていたら女流俳人

辻さんは、笑いながらも感動したという。《そうだ、そのとおりだ。俳句は思ったとおり、そのままを素直に作ればいいんだって、私はいつも「童子」の仲間に言ってきたではないか》。

かくして、若い衆は《あっというまに俳人になってしまったのである》。

いい話だが、それがどうした、といわれるだろう。実は、この後の「アドリブ」という章（これがまた面白いのだが）に、彼はまた顔を出す。

そこには、こう書かれている。《例の三人四脚の新聞配達少年は、大好きな推理作家アガサ・クリスティの名をとって「アガサ」の俳号を持っているのだ》、と。

その翌日、『ウィンタブルック・ハウス通信』が届いた。楽しい暗合だった。早速、数藤さんへのお葉書に《ちょっといい話でしょう》と、このことを書いたものである。

そこで思い出したが、本と現実の暗合といえば、わたしには、もっと凄い経験がある。あるミステリを読んでいた。多分、文庫本の『アルキメデスは手を汚さない』だったと思う。途中、『よこはま・たそがれ』が聞こえて来た、という文にさしかかったところで、表の道を車が通りかかり、カーステレオからまさに《よこはま、たそがれ――》という五《いつ》木《き》ひろしの声が聞こえてきたのである。

車は、そのまま走り去った。この時には、呆然としてしまった。出来過ぎている。自分が現実世界にいないような、何かに操られているような、妙な感じがした。

手にとったのがその本でなければ、こうはならない。しかも、そのページ、その行を読んでいる瞬間でなければならない。そこに車が通る。その車は外に聞こえるほどに大きく、テープをかけていなければならない。さらにそれが、モーツァルトでも志ん生《し しょう》でもいけないのだ。ヒットした年でもないのに、《よこはま、たそがれ──》なのだ。

と、書いたところで、また思い出してしまう。こういう暗合*が、より神秘になると高橋《たかはし》英郎《ひでお》氏の『一枚のレコード』になる。わたしは音楽之友社の随筆アンソロジー『レコードと私』で読んだ。これは一度読んだら、忘れられない。

病身だった頃の高橋氏は、毎日のようにモーツァルトの『レクィエム』を聴いていた。ところがある日、第七曲の途中で大音響。ステレオの上の額が落ちたのだ。レコードに傷はなさそうだったが、かけなおしてみると《音をたてるのは八小節目の「レー・ウス」まで、針はそれから先へ進まなくなった。「ラクリモーサ」の第八小節、つまり、まさしく病床のモーツァルトの絶筆した箇所で溝に傷がついたのだった》。

なんという奇蹟的な現象だろうか。三十年近くかかっていた額が、えりにえってモーツアルトの『レクィエム』の上に落ちてくる確率だけでも稀なものだろうに、モーツアルトが音楽に訣別したあの決定的な瞬間に落下するとは、なんたる天文学的偶然の出逢いであろうか。そのことの異様な怖ろしさに気づいたとき、もうその日は口もきけなかった。

夏の夕闇が庭を包み、私を包み、モーツアルトを包むまで、私はただ茫然とそこに坐っていた。この世にはこういう偶然もありうるのだと自分に言って聞かせながらも、愛と死の謎の縒り糸が、このレコードを通じて、モーツアルトと私との間に固く結ばれたのを信じないわけにはいかなかった。

そういう《糸》のことになると、再び、私事に戻ってしまう。わたしの父は折口信夫《おりくちしのぶ》先生の弟子であった。年を重ねて足元が大分弱った。

折口先生の改訂版の全集の案内を、わたしが持って来て、父に見せた。父はその頃、よく床の間の柱に寄りかかって座っていた。床の間には、硝子《ガラス》ケースに入った人形が飾ってあった。父は立ち上がろうとしてよろけた。そして、そのケースに手をついた。

勿論《もちろん》、硝子は割れ、父は倒れた。わたしは駆け寄って、父の手を見たが、幸いなことに切れてはいなかった。その時に限って、ケースの上に折口信夫全集の案内が載っていたのだ。父はおかげで、直接、硝子に手を突っ込まずにすんだのである。

わたしは、ありがたさを感じながら、ごく自然にいっていた。

「折口先生がね、守ってくれたんだよ」

父は、ああ、……そうかもしれないなあ、といった。わたしは、そうだよ、そういうことってあるんだよ、と繰り返した。

2

思わぬ方向に話が行ってしまった。『俳句って、たのしい』の別のところを引くつもりで、この稿を始めたのである。

踊りについて語る章で、《めったにいない本物のダンサー》黒沢美香《くろさわみか》の「ラジオ体操・第二」という作品のことが語られる。

彼女はTシャツにGパンで舞台に現れる。《欠伸をし、歯を磨いているかと思えば、突然「ラジオ体操・第二」がかかる》。

郵便貯金ホールという東京でも屈指の大ホールの二千人もの観客の中でこんな「ネンネン子守唄」のような音楽に出会うのだけだって感動するのに、それに合わせて踊る美香の動きがまた感激なのだ。

といったって、別になんのことはない。踊りの振りは誰でも周知熟知のあの「手足の運動」以下一連の「ラジオ体操第二」なのだが、そんななんでもないものが美香にかかると、ピッカピカの踊りになっている。不思議だ。

そうか、そうだ、と膝《ひざ》を打ちたくなるではないか。

例えば同じ曲でも、歌う人によって違うものとなる。旋律、歌詞は素材であり、表現する《人》によって、輝きを見せたり、死んだりする。それをより劇的にしてみせてくれるのが、この踊りの話ではないか。

書く、ということについても同様である。似たプロット、どころではない、まったく同じ話でも、文章によって評価が違ったりすることがある。え？　と思われるかもしれない。翻訳の場合が、まさにそうである。――《あれは訳で損をしている》といわれることもあるし、その逆もある。

ここで、ぜひ引かせてもらいたい文章がある。中川正文《なかがわまさふみ》氏の「口説《くぜつ》の徒」。福武文庫

『現代童話Ⅱ』で読んだ。まずお子さんの友君の詩。

五足の上ぐつ

さんかん日に
おかあちゃんがきて
帰るとき、
ぼくのげたばこをあけたとたん、
「ひゃー、上ぐつ、いっぱいあるやん。すててしまい。」
と、いうたやろ。
ぼくは、それいわれるのん、ひやひやしてたんやで。
なんでかと、いうたら、
二年からの、上ぐつ、げたばこに、ためててん。
ぼくの思いでが、いっぱいある上ぐつやし、もったいない。

奈良先生にも、いわれたんやけど
すてへんかった上ぐつやねん。

いちばんぼろぼろのは
三カ所ほど、でかいあながあいてるけど、
およめにいった
千賀先生とも、遊んだくつや。
運動場も走ったし
雪の上もふんだし
くつふみもしたし
勉強もしたし
ぼくのシンボルや。

今のくつも、もうあかんようになったけど、
運動会の日まで、はいてやったし
また

ためとくねん。
そやし、
「すててしまい。」と、いわんといてや。

この詩が、三年生の教科書に採用された。ところが、友君はひどく浮かぬ顔をしている。聞いてみると、《「アホらして、ものもいえんわ。おとないうたら、ゼンゼンわかっとらん」》。教科書を見た中川氏は《啞然となった》。こうなっていたという。

古い運動靴

おかあさん、
じゅぎょうさんかん日に
ぼくのげたばこをあけとたんに、
「まあ、古い運動靴がとってあるのね。すててしまいなさい。」
と、いったでしょう。

ぼくは、
それをいわれるのを、ひやひやしてたんだよ。
なぜかというと、
ぼくの思い出がいっぱいあるくつなんだもの。
二年のときのくつなんだよ。

三カ所ほど、大きなあながあいているけど、
よその学校へかわられた中野先生とも遊んだくつなんだ。
暑い運動場もかけまわったし、
雪の上もふんだし
野球のときにもかつやくしたし、
ぼくのたからものなんだ。

今のくつも、もうだいぶ古くなったけど、
去年の運動会で、
二とうをとったくつだし

また、ためとくんだ。

だから、

「すててしまいなさい。」

なんて、
かんたんにいわれては、こまるんだよ。


《よくもこれだけ見事に言葉を殺せるものだ》と、感嘆するしかない。

本来、並べられる筈《はず》のない文を、こういう形にして、あれこれいうのは可哀想だし、フェアではないかもしれない。すんなり読めば何でもない《二、とうをとった》などという細工が、そのせいで、いかにも賢《さか》しげな付け足しと見えてしまうのは確かだ。《上ぐつ》で運動場を走るのは認められないから、《運動靴》に替えたのだなと気づき、むしろ笑ってしまったりもする。

しかし、端的にいえば、――《格調》が違い過ぎる。『五足の上ぐつ』は本物である。間違いなく、大ホールを埋めた観客を魅了し得る踊りである。だが、後者では、そうはいくまい。

うちの娘Aが、小学五、六年の頃、教科書を見て、あきれていた。女の子が実の父に向かって、《この魚、何々だから何々なんですよね》という調子で話している。娘Aの感想。

――《こういうことという人は、父親との関係がよくないいんじゃない》。

嘘は、やっぱり嘘なのである。

――ところで、こう並べると《千賀先生》の扱いが実に面白い。名前を替えたのは、読みやすくするためか、あるいは実在の人物名を避けたのだろう。しかし、先生が《およめにいった》ら、まずいのだろうか。わたしが中学生の時、教科書に『走れメロス』が載っていた。その教科書では、メロスが裸だった、という部分が削除されていた。同じようなことなのだろうか。《およめにいった千賀先生》だからいいのに、それが、何と《よその学校へかわられた》！

3

ミステリ新人賞への応募者は多い。これがミステリ・コミック新人賞なら、応募する人は限られるだろう。コミックなら、ストーリーよりも何よりも、まず自分の描く画面が、

――走る姿、抱き合う形、手、足、背景が、形をなしているかどうか、ある程度、判断出

来る。素人でも、駄目なら駄目と自分で納得できる。——しかし、海の絵は描けないという人でも、《海》という一字なら書ける。だからこそ、その一字の《海》の深浅を計るのは、難しい。

「ラジオ体操第二」という使い古された《プロット》も、黒沢美香の手にかかれば、見せる、そして魅せるものとなった。一方、『五足の上ぐつ』は、第三者の手にかかって、ざるから水が抜け落ちるように、その魅力を失った。

これが、表現というものの味であり、恐ろしさである。

＊高橋英夫氏の『今日も、本さがし』(新潮社)には、《ドイツの文芸学者クルティウスの、次のような話が引かれている。《クルティウスはかつて、バルザックが同時代人たちからどう見られていたかという証言を集めていた。中でもゲーテはどう見ていたのかが重要な問題で、そのためにはゲーテ日記を入手する必要があったが、当時、無省略の日記を収録したゲーテ全集はワイマル版にしかなく、それがきわめて入手困難だったという。ある日ソーセージを買い、反故の包み紙をよく見ると、何とそれがワイマル版のゲーテの日記の一枚であったばかりか、クルティウスが求めていたまさにその箇所だった》。そして、クルティウス曰く、《「精神がひじょうに緊張しているときには、そのための努力を

しなくても、求めるものが与えられる」》。

クルティウスの『バルザック論』は大変な名著といわれている。学生時代から気になりつつ、いまだに読んでいない。

第九回

夢をめぐって、そして夢の作風

1

『鳩よ！』九月号は『夢でわかる自分』という特集だった。中の《ビデオ・ガイド　もうひとりの主役を夢が演じる7本》というコーナーを見て、《あっ》といってしまった。『恋はデジャ・ブ』というアメリカ映画の紹介が載っていた。

雪の中を、ペンシルヴァニアでの聖燭祭の取材にうんざりしながらやってきたお天気キャスターが、その街で目が覚める度に同じ日が始まるという永遠の悪夢に見舞われるコメディ。

面白そうでしょう。《脚本の出来も抜群》と書いてある。しかし、この《あっ》は、いいものを見つけた、という喜びの声ではない。なぜか。

実は、作品のアイデア*をひとつ持っていた。ケン・グリムウッドの『リプレイ』を読み、《やられちゃいましたよ》と人にいったものである。着想のある部分が似通っていたのだ。そうしたら、次にはこの映画だ。こちらの方が、さらに似ている。

今のところ、肝心な部分が違うのでまだいい。書くのに差し支えはない。しかし、これ以上に近い作品を見つけたら、たまらない。

それはさておき、現在、わたしが連載を持っているのが『鳩よ！』と『小説中公』。それぞれの九月号を見たら、前者が今いった通り、夢の特集で、後者には、こんな面白い夢の話が載っていた。

――というわけで、本誌**愛読者の皆さん、読みましたか、姫野《ひめの》カオルコさんのエッセイ、「すなぎもマリリン」を。

姫野さんはマリリン・モンローにすなぎもを炒《いた》めてもらったことがあるという。これはもう全文、読んでもらうしかない。――そうなのだけれど、話の都合上、一部引かせていただく。

先にネタを割ってしまったが、《すみません。そういう夢を二、三年ほど前に見たのです》となり、夢のなかでモンローは、私の継母《ままはは》であった。朝ごはんを継母のモンローが作ってくれるわけである。『七年目の浮気』のときの白いワンピースにエプロンをして、私の実家の古い台所で炒めている。炒めている後ろ姿を見ている私は、尻が色っぽいと思う、マセた継子《ままこ》である。

いや、見事な夢ですね。文章はさらに《おいしいわ、ママ、と私はモンローに言い、言ったときに彼女の髪が黒いことに気づく》と続き、姫野さん、夢の中でもきちんと落ちをつけている。

指摘するとモンローはこともなげに答える。

「映画のときには染めてるのよ」

というわけで、今回は夢にまつわる話。

2

昨年暮れに、『小説すばる』から《今年見た一番印象に残る夢は？》というアンケートが来た。

そこで、まず書いたのが以下の文章である。アンケートの答としては長すぎる。最終的には、ラスト四分の一だけを生かした。

夢見る者は二度死ぬ

玄関や廊下や風呂の壁が落ち出した。危ない。もう建て替えるしかない。では設計をと考える。これが面白い。限られた条件の中で、不可能を可能にしようと詰めて行くところには、本格推理に似た妙味がある。意外な解決を思いついて、はたと膝を打ったりもした。プランは刻々と変化する。凝り性だから、食事の間も図面を書いたりしていた。当然、それが夢にまで出て来た。――というわけで、本当の意味で、今年見たとはっきり記憶しているのは、その夢（希望願望という意味ではない。文字通りの意味でそうなのだ）、即ち――平面図の夢なのである。《一年はまだある、面白い夢なら、これから見られるかもしれない》と思った。受けようとして夢を見る人間はいない。邪道である。そうしたら、ミステリの夢を見た。

犯人の女が、第三者に罪を着せて、《あの人がやった》と悲鳴を上げている。第三者はパニックに陥って、犯人の女を殺そうとする。わたしは、それをテレビの視聴者のように見ながら、《これは、殺人の動機として納得できるな。変わった連続殺人だ》などと考えていた。

そこで、編集部Cさんに、かくかくしかじかと電話をした。

「今年の夢の持ち合わせは、これぐらいしかありません」

「それでいいですよ。ただし、――死んだ話も書いておいてください」

実は、この依頼を受けた時、Cさんに話した。わたしは死ぬ夢を、二回見ている。かなり昔のことである。

一つはビルの屋上から車で落ちるもの、もう一つでは自分が狐になっていて狩られるのである。
前者の時の、屋上に敷き詰められた小砂利、自動車の前輪が建物の縁を越えた時の喪失感、澄んだ青空と白い雲――後者の時の、むせるような草いきれ、絵の具を絞り出したような緑、追う馬の鼻面、胸や腹に撃ち込まれた弾丸の感触、縮めた（狐であるわたしの）脚などは、今も記憶に鮮やかである。

注1　色の着いた夢を、よく見ます。

注2　夢の著作権は見た者にあります。断りなく分析することは法律で禁止されています。

生かした部分は、《今年の》という条件からはずれる。しかし、何しろ《死ぬ》のだから、印象は強烈である。

落ちる夢は大学の時に見たもの。

撃たれる方は、それよりはるかに早い。中学生の時だ。これについては、テレビで狐狩りのシーンを見、それが出て来たのだと考えていた。ディズニーものか何かのせいだと思っていた。

しかし、この稿を書き始めて、気が付いた。わたしはそれ以前に、新潮文庫で、ディヴィッド・ガーネットの『狐になった夫人』を読んでいた（蛇足ながら、ガーネットの一九三三年の作品に『ポカホンタス』がある）。その影響かもしれない。

今、手元に当時の本がない。家にある筑摩の前の文学大系、上田勤《うえだつとむ》訳『狐になった奥様』を読み返してみる。ことはこのように起こっていた。

> 彼らがまだ雑木林をぬけきらないうちに、彼女は突然烈しい勢いで彼の手を振りきると、大声になにやら叫んだ。そこで彼はすぐ振り向いた。
> 今のいままで彼の妻のおった場所に一匹の小狐が、非常に鮮やかな赤い色の小狐がいた。それはすがるような眼つきで彼をみつめ、一歩、二歩彼の方へ寄ってきた。そのとたんに彼はその狐の眼の中に妻が自分をみつめているのを感じた。

パターン、という捉え方をするなら一言でいえる。《変身ものプラス病妻もの》。しかし、結局のところ、作品とはパターンがそこにあるわけではない。作品そのものがそこにあるのだ。

筑摩の解説には福田《ふくだ》恆存《つねあり》の言葉が引かれている。

作者は全巻を通じて、いかにしたらこの狐になってしまった妻を愛しぬくことができようかという、夫テブリック氏の心の苦闘を淡々たる渋い筆致で、むしろユーモラスに描いているだけのことである。が、その文章が平明であり、単純簡潔であればあるほど、ぼくたちはときにおもいがけないほど緊張した調子の高い箇所に出あい、そこではほとんどパセティックといってよいほどの美を感得する。

狐にしてしまうことも含めて、現代の小説としては通用しない《妻》の像だな、と思いつつ、読み進んだ。しかし、やがて、テブリックの姿が次第に全面を覆って来る。結局は《彼》の物語なのだ。愛の、共同作業ではなく、愚直な独り相撲である面を巧みに描いている。

そして、偶然のことながら、これだけでも傑作といえるような実に素晴らしい、夢の場面があった。その中で、テブリック氏と妻は《あの運命的な日》の前のように、二人で散歩していた。だが、彼女の姿は普通ではなく《久しく身だしなみを怠っていた様子が感じられた。しのび泣きのひまひまに彼女は彼になにか罪を犯したというようなことを訴えた》。《こんな風にして彼らは悲しみの中を、まるで永久に歩きつづけるかのように、歩いていった》。

二人は腰を下ろす。テブリック氏は子供たちの教育のことを考える。

彼は心の中で学校の名前をつぎつぎに数えはじめた。イートンは駄目だろう。ハロウも、ウィンチェスタも、ラグビも駄目だ。……しかし、彼はどうしてこれらの学校が彼女の子供たちに向かないのか、わからなかった。彼はただ自分が考えつくような学校はどれも駄目だが、しかし一つくらいはきっとみつかるだろうということだけがわかっていた。それで学校の名前をなんべんも数えながら、彼は彼の愛する妻の手を握って、いつまでも座っていた。とうとう彼女は泣きながらたちあがって、行ってしまった。

テブリックが徐々に目覚めていく。彼は、家庭教師という手があることに思い至る。だが、《それでも最初はなかなか面倒だろう》と思う。なぜ、面倒なのかと自問して、ようやく気づく。《そうだ、彼らは狐だったのだ——ただの狐だったのだ》。

朧《おぼろ》な霧の中を行くような、この夢の不思議な哀しさ、痛ましさは比類がない。

3

最後のページは、こうなる。

彼の牝狐はテブリック氏の腕の中へ跳びこんだ。そして、彼が身体をかわすひまもなく、猟犬は彼らに飛びかかって、彼らをひき倒した。その瞬間、絶望の叫び声が後を追って来た猟人たちの耳を貫いた。あとになって彼らの語ったことだが、それは男の声よりは、むしろ女の声だったそうである。しかし、それがテブリック氏の声だったのか、それとも突然女の声をとりもどした彼の妻の声だったのか、はっきりした証拠はなかった。

かくして牝狐は死に、テブリック氏は瀕死の重傷を負う。《今となっては彼の近所の人たちが彼を狂人だと噂したことが正しかったことについては、もはや疑う余地はなかった》。

大沢実《おおさわみのる》氏の解説によれば、この物語は愛妻レイチェル（「レイ」と呼んでいたらしい！）の強い勧めによって書かれたという。夫人がけだものとなっていき、やがて牡狐の子さえ生むこの話が、である。そういうことを知ると、まことに妙な気分になる。人間というのは、実に面白いものである。

夫の本の挿絵作者でもある《ガーネット夫人は、画学生らしく田舎娘らしくいつも横縞の服をつけ、もの静かで内気で、それもけものや小鳥のように自然な内気さで、都会を離れて森のなかなどに行くと、急に生々として楽しげであった》。

さて、狐の死の場面に至ると、夢の引き金はここにあったように思えてしまう。

だが、わたしの夢の狐はどう考えても男だったし、確かに（猟犬にではなく）銃で殺される。小説を読んでから夢を見るまでの時間もかなりあったと思う。その辺のところは不可解である。何にしろ、《分析》はされたくないものだ。

さて、アンケートの回答には、ふざけて《夢の著作権》とも書いた。しかしながら、姫野さんの文章などを読むと、冗談ではなく《夢も作品だなあ》と思わせられる。同様のことが他にもあった。

去年の暮れに宮部みゆきさんとお会いした。前記のアンケートの話をして、聞いてみた。

「今年は、何か凄い夢を見ましたか」

すると、《アンケートには間に合いませんでしたが、ちょうど、とてつもなく恐い夢を見たところです》とおっしゃる。その話に、引っ繰り返ってしまった。

大長編ホラーなのである。聞かせていただいたのは、勿論《もちろん》あら筋なのだが、ところどころには細かい描写が入る。道具立てが整っていて、波瀾万丈。追っかけあり、見せ場のスペクタクルあり。つまりはロードショー映画の監督・脚本・主演、さらに観客を一人でやっているようなものだった。力業である。

大変なものだなあ、作家としての資質が、夢にも出てくるんだなあ、と感嘆した。

そうしたところが、忘れもしない三月二十七日（翌日、メモをしておいたので分かる）、花粉症で苦しんでいた頃のことだが、わたしも見ることが出来た。――《とてつもなく恐い夢》を。

舞台は、まず建物の内部。造りは一昔前の銀行のような感じ。いくつか並ぶ窓口は焦げ茶色の板。壁は薄緑っぽい白だが、暗いので沈んで見える。窓には、壁と同色の板のブラインドがついており、光の線が、その隙間に見える。外は、とても明るいのだ。

建物の中には、人がいるようでもあり、いないようでもある。判然としない。しかし、表に道があることは確かなのだ。そこを人々が往来している。そのことは感じで分かる。分かっていることは、もうひとつあった。それは、この建物を一歩出ると、表の人間と何かが入れ替わる。つまりこちらの声が奪われたとすれば、向こうは二倍の大きさで話すようになる。向こうの眉毛《まゆげ》がなくなれば、こちらは増えるのである。それが、ここでの決まりなのだ。

わたしは、それを知っている。

《外に出たら、一体、自分の何を奪われるのだろう》。おびえつつも、戸を開けないわけにはいかない。どういうわけか、そうなっている。

ついに、わたしはドアに手をかける。開けた。そして、道の左右を見る。――夏の真昼のように明るい通りにいる人々は、皆な、黒い布でできたような、のっぺらぼうの顔をしていた。

そこで、わたしは震えた。

異形の人物達が恐いのではない。彼らが、そのようであるということは、わたしから《黒》という要素が消えている、ということだ。そしてまた、彼らが、のっぺらぼうだということは……。

一体、自分は今、どのような存在になってしまったのだろう。それを思うと、心の底から恐怖が込み上げて来た。

叫び声を上げて、――眼を覚ました。

家族は気がついていないと思ったら、翌朝、《昨日の夜、凄かったね》といわれてしまった。

4

というわけで、結局のところ、見たのは短編ネタ、断片的な一シーンなのである。そして、やたらに手が込んでいる。こうしてみると、夢にも作風があるらしい。

この話は綾辻行人さんにもした。《綾辻さんの見た恐い夢も聞けばよかった》と気が付いたのは、――残念ながら別れてからのことだった。

＊一九九七年刊行の『ターン』（新潮社）となった。

＊＊『小説中公』。「すなぎもマリリン」は九五年九月号掲載。

＊＊＊この版の『狐になった夫人』を、レイチェル夫人の版画ともども、アンソロジー『謎のギャラリー特別室II』（マガジンハウス）、『謎のギャラリー　愛の部屋』（新潮文庫）に

収めさせていただいた。

第十回

先例、おそるべし

1

映画『恋はデジャ・ブ』に触れたのは、実は今回のための前ふりだった。《先例》という問題について考えさせられることが、今年は一度ならずあったのだ。それぞれ自分のことではないから公平な立場で書けると思っていた。

ところが、この夏『スキップ』という本を出した。それを読んだ人曰《いわ》く、《ある作品を連想した》。大島弓子《おおしまゆみこ》さんの『秋日子《あきひこ》かく語りき』である。

早速、手にとった。読ませる。うまい。テーマを語るための仕掛けは、大島さんの方が遙《はる》かに手が込んでいる。そして、（わたしの意見としては）まったく違う話だと思う。御迷惑をかけたわけではないと一安心し、後はもう、ただ《いいなあ、いいなあ》と、続く短編を読みすすんでいった。

——角川書店のあすかコミックスから出ています。多くの方に読んでもらいたい本です。同じことは『リプレイ』にもいえます。『スキップ』の最後に『リプレイ』のことを持ち出したのも、《この題、前から考えていたんだよ》といいたいのが半分、残りは《これで、グリムウッドの傑作を読む人が、少しでも増えたら》という思いからです。というわけで新潮社の方には、プロ野球ファンがひいきチームの成績を尋ねるような口調で《どうです。グリムウッドはその後、売れてますか》と、幾度か聞きました。何と、その何度目かに『リプレイ』の増刷分の帯に推薦文を」といわれました。有り難いですね。愛読者冥利《みょうり》につきます。

——さて、大島さんの本で、《むむ》と思ったのはむしろ『庭はみどり川はブルー』だった。百四十二ページの「たたってやろうか　染子さん」、百四十八ページの「あたしは十八年も片恋をやってるプロなんだぜっ」などは、もう何ともいえない。いい。うなってしまう。だが、《むむ》というわけは別にある。時間に関して三作書こうと思っているものの最後が、《生まれ変わりもの》なのである。——違うのだけれど、これまた、雰囲気がどこか似ているといわれるかもしれない。

集英社の方とお会いした時、『スキップ』のことから、そんな話になった。《『秋日子かく語りき』は、わたしも読んでますけど、別に似ているとは思いませんでしたね》とおっしゃる。ほっ。ただし、その後、額《ひたい》に手を当て《あー、でも大島さんので、他に似てるのあったかもしれない》。

自分にそういうことがあった、と書かないのはアンフェアな気がして、まず書いた。

2

《先例》について考えさせられた出来事の一つは、北川歩実《きたがわあゆみ》さんの『僕を殺した女』についてのものだ。

ある方が、《あれは薄井《うすい》ゆうじさんの『樹の上の草魚』と似てます。発想の出発点はそこでしょうね》。わたしは、たまたま知っていたもので、《いや、あれはサスペンス大賞の何年か前の応募作らしいです。執筆はその前になるわけですから、読んで書かれたわけではないでしょう》。すると、《そうですか、だとすると評価が変わるな》。

わたしは『樹の上の草魚』を読んではいなかった。

『僕を殺した女』は新潮社の本だった。その直後に打ち合わせがあったので《こういうことでしたが、どうなのでしょう》と聞いてみた。

翌日、連絡があった。北川さんの担当の方は『樹の上の草魚』も読んでいた。しかし、まったく意識しなかったという。そして、怒った。これは、本当に有り難いことである。出版社の担当の方というのは、手掛けた本を自分が書いたように愛してくださっている。伝え聞いたので、語調までは分からないが、《後先で評価が変わるようなことは、絶対にないっ！》とおっしゃったそうだ。わたしが、美しい物語『樹の上の草魚』を読んだのは、その後になった。まったくその通りだと思った。

もう一つの出来事は、山口雅也《やまぐちまさや》さんの『日本殺人事件』に関するもの。こういう声があったという。『色眼鏡の狂詩曲《ラプソディ》』（筒井康隆《つついやすたか》――いうまでもありませんが、敬称抜き、という形の敬称です。ずっと《さん》が続いて来たので、蛇足ながら）という先例があるではないか。また小林信彦《こばやしのぶひこ》の『ちはやふる　奥の細道』もある。

『色眼鏡の狂詩曲』は、わたしなどでも題名を聞いただけで反射的に《「あらよっ」掛け声いさましくアクセルふかす車夫の風態はと見れば、菅の三度笠横ちょにかぶり、夏とはいえどまるはだか――》と名調子が、そして最後の《「やってるやってる……」》が浮かぶような作品である。しかし、それがあるということが、たとえば、『ちはやふる　奥の細道』の評価に関係があるだろうか。まったくないとしか、思えない。

また、『日本殺人事件』がミステリである以上、即座に連想されるのは、都筑道夫《つづきみちお》『三重露出』の筈《はず》だ。日本ミステリ・ベスト10投票をやれば、何人かは必ずあげる作品。山口雅也が知らないわけがない。それは、蜜蜂《みつばち》が花を知らない、というのと同じことである。そうである以上、山口雅也は、自分がそれを知っていると思われないと、思うわけがない（ああ、ややこしい！）。となれば、先例云々《うんぬん》ということに意味があるのだろうか。少なくとも、わたしには、この手法は、——それ以前にも誰かがやっている可能性はあるが——昭和三十九年十二月、東都書房から『三重露出』という本が出た時点で、一つの《ジャンル》になったのだと思う。

学生時代、周りにいた人間の多くは『三重露出』を読んでいた。都筑道夫のファンは、筒井康隆のファン同様多く、大概は兼ねていた。しかし、昭和四十三年に書かれた『色眼鏡の狂詩曲』について、——先程の名調子の部分を延々と暗唱する先輩こそいたが——、先例がどうこうという意見は聞いたことがないし、わたし自身、考えたこともなかった。どちらも別個の作品である。そして、『ちはやふる　奥の細道』にも『日本殺人事件』にも、それぞれ膝《ひざ》を打った。

さて、鮎川哲也《あゆかわてつや》にこういう言葉がある。立風書房から出た『鮎川哲也長編推理小説全集1』「創作ノート」の冒頭。

いまだもって私の小説のことをクロフツの模倣だという人がいるそうだ。クロフツの影響が濃いということは否定しないけれど、模倣だといわれるのは情けない。この伝でいくと『赤い密室』を書いた私は、カーの模倣者ということにもなり兼ねまい。

《アリバイ破り》はミステリの一ジャンルだ。これは誰が考えても明らかなことだ。それなのに、である。しかも、クロフツよりもトリックメーカーとしてはるかに上の鮎川哲也が、だ。

一つ一つの密室トリックについて、先例のあるなしはいえても、密室を扱っているから価値がないということはいえまい。そのようなことを考えると、どこまでが《ジャンル》で、どこから独創を問われるのかは難しい問題だ。しかし、少なくとも『日本殺人事件』に関しては、はっきりしている。

そこにある《日本》は、《あなた方の世界とは幾分異なったルールめいたものが存在している》（『キッド・ピストルズの慢心』）ところのもう一つの《パラレル英国》（同）に違いない。山口さんは《あの手法》を、本格ミステリが息づき得る、不思議の国の構築のために使ったのだ。

3

ではトリックに関してなら、問題は簡単なのか。同一トリックの作品は、先行作しか存在を許されないのか、といえば、これに関しても、すんなりと割り切れない。光文社『本格推理①』の「選者曰く」を読んでいて、あっと叫んでしまった。鮎川哲也はいう。

先般、立風書房から本格物のアンソロジーを出した。そのなかに山沢晴雄氏の「死の黙劇」をとることになった。（中略）この作品のコピーが立風から送られて来て、三十年ぶりに読み返してみてビックリした。わたしの「五つの時計」という短編のなかに出て来るトリックが、山沢氏の「死の黙劇」のトリックと同じものだったからである。わたしは即刻同氏に一書を呈して、今後「五つの時計」は破棄することを伝えた。折り返し届いた氏の返信は、気にしないでくれという好意的なものであった。まあ、山沢氏がそういってくれたことでもあるし、昨今のわたしは、結果的には「盗作」となったあの部分を削って、あたらしいトリックを考案し、改めてそれをはめ込んで、このミスを糊塗しようと考えている。本格ミステリーの作家にとってトリックは、左程大切なものなのである。

いい話ではある。

どちらの態度も素晴らしい。ついでにいうようで申し訳ないが、わたしが出会った、最初の山沢晴雄《やまさわはるお》作品は、鮎川哲也編『密室探求第一集』に収められた『扉』だ。これが、面白くて面白くて！　解説を読んで、その原型が『幻影城』昭和五十二年七月号に発表されていると知り、早速探して読み比べたものである。

さてそこで、もとに返るが、鮎川の態度はまことに潔《いさぎよ》い。しかし、鮎川ファンであるわたしは、文字通り、悲鳴を上げてしまったのである。

「先生、それはひどい。『五つの時計』を取り上げないで下さいっ！」

そう。わたしにとって、「五つの時計」は特別な作品なのである。わたしと鮎川作品との出会いは、人魚のマークの講談社ロマンブックス『薔薇荘殺人事件――犯人当て探偵小説集――』だ。読んでいたのは友人である。その冒頭の作、『達也が嗤う』を、わたしに示して《これ、……なんだぞ》といった。わたしは、早速、借りて読み、その遊び心にまいってしまった。

次いで、自分で買った記念すべき本が、同じロマンブックス版の短編集『白い密室』。

これを読んだ夏の日のことは、いまでも鮮やかに覚えている。中でも「五つの時計」。《なにぶん宜しく》という出だしも、鮮やかに記憶に残っている。そういって部屋を出て行ったのが《朱鷺子《ときこ》》という女性であることも。実に見事に造り上げられた世界。こんな話もあるのだと眼を開かれる思いがした。わたしが、真の鮎川ファンとなったのは、この作品からといっていい。それほど大事な作品なのである。ましてや、後になって、作品成立に関する、こんな鮎川の文章まで読んだのである。(『別冊宝石110 日本推理小説自選代表作集』)

かなり長い間、私と「宝石」とは縁が切れていた。現在でもそうだが、当時も「宝石」は推理小説の檜舞台だったから、門扉を閉ざされていることは、やはり淋しいものだった。

三十二年の初夏のころ、思いがけなく江戸川先生から一通の書簡を頂いた。新たに「宝石」を編集するようになったゆえ、短編を書いてほしいという注文で、それにつづけて編集方針や抱負がのべられてあった。

簡単ではあったが、先生の情熱がじかにこちらに伝わってくるような文章だった。私は第一号に執筆依頼をうけたことに感激し、興奮し、そして幾分かたくなって、「五つの時計」を書き上げた。

この場合の『宝石』は、いうまでもなく宝石社から出ていた、推理小説専門誌である。こういう作品なのだ。それなのに《即刻同氏に一書を呈して、今後「五つの時計」は破棄することを伝え》てしまうのが、鮎川哲也らしいところである。

しかし、わたしなどは《先生、もう、あの作品は先生一人のものではありませんっ！》といいたくなってしまうのだ。

《トリック》に関していうなら、「五つの時計」は個々のそれがどうこういうものではなく、その集合が作り上げる《形》が美しいのである。だから問題がなかろうと思う。毎度いっていることだが、人間の考えることには必ず先例があると思う。重箱の隅をつき出したらきりがない。そのことによって優れた作品が失われることの方が、よほど恐い。同種のトリックでも、その生かし方は作家によって違うだろう。つまらぬ作なら捨てさせてもいい。しかし独立して生命を持つ作品だと読み取れたら、山沢氏のごとく《気にしないでくれ》といいたいものである。

とまでいうのは、実は——。わたしは鮎川自身の言葉がなければ、「死の黙劇」を読んでも、「五つの時計」を連想しなかったろうと思うからだ。これは断言できる。しかし、鮎川の別の作品を思ってしまったのだ。《ああ、あの手がここですでに使われている》と。それは、学生時代、先輩瀬戸川猛資《せとがわたけし》氏が感心していた作であり、そのことで印象深い。いい出せばきりがないというのは、こういうことだ。それはあまり意味のないことのように思える。

4

作家が書く時に、前例そのままのトリックを使えはしない。ただ、トリックにも《型》はある。《あのパターン》ということはある。鮎川作品と山沢作品の問題は、そう考えればいいことだ。

差し支えのないところで、自分の例を引く。「覆面作家のクリスマス」という作がある。あそこにあるのは、断るまでもないが《木の葉は森に隠す》のパターンである。チェスタートンを元祖とすれば、中興の祖あたりにクイーンの『チャイナ橙の謎』を置いてもいい。

作例は多い。

しかし、それらを盗作というのは当たらない。これはもう、誰もが知っている、決まり切った方法なのだ。《顔のない死体》等々、ミステリにはそういったパターンが多い。問題はそれをいかに手際よくやり、物語とどう結び付け、生かすかだろう。作者とすれば、その辺りを読んでもらいたいところだ。

――などと、いい気になって書いていたら、『スキップ』の次に書こうと思っている作の『ターン』という題は、氷《ひ》室《むろ》冴《さえ》子《こ》さんの本で、既に使われているそうだ。なるほど、先例おそるべし。

さて、どうしましょう。

第十一回

見巧者の眼

1

今年、印象に残った本は——と聞かれ、その一冊に『机上の一群』（向井敏《むかいさとし》・文藝春秋）をあげた。同書の言葉をそのまま使わせていただくなら、毎度のことながら、《見巧者の眼は違うものだとつくづく感嘆した》。

さて、その中に瀬戸川猛資氏の名があった。[*]「仮説の森で悶絶する探偵」という章は、こう始まる。

小説でも評論でも、すべて本は生《き》のままで読むべきであって、書評や解説に読み方を教わってから読むなどというのは邪道、その本がもたらす新鮮な驚きをあらかじめ封じてしまうようなものではないかといった意見をよく聞かされる。当然、ミステリーを読むのにまず解説に頼るなど、愚の骨頂ということになる。
一見、堂々の正論のようだが、しかし、世間は広い。謎と奇異に満ちている。あちこちにつむじまがりがひそんでいる。勘どころをよく抑えた解説で当りをつけてから読むのと、そうでないのとでは、面白さが格段に違ってくる、そんなへそまがりのミステリーだってあるのだ。

氏はいう。『ウッドストック行最終バス』『キドリントンから消えた娘』等が、そうだと。

コリン・デクスターの作風は見かけは小うるさくて読みづらいのだが、これを面白く読む読み方がじつはあるのだ。といっても、別段大仰なことではない。ある眼利きの解説に眼を通すだけでいい。それをいわば補助線とすることで、デクスターの特異な描法が、がぜん面白くなってくる。
その眼利きというのは瀬戸川猛資のことである。

そして、瀬戸川氏のデクスター論が引用される。

代表作『キドリントンから消えた娘』を例にとって説明してみよう。ここに描かれているのは若い女性の失踪事件である。普通の推理小説では、探偵役が消えた女の跡を黙々と追い、真相を突きとめる、という風に展開するだろう。ところがデクスターは、いきなり次のような二つの大きな命題を設定し、モースに考えさせる。

(i) 女は生きていて、自らの意志で隠れている

(ii) 女は殺されていて、死体は隠されている

モースはこの二つからさまざまな推論を導き出し、大量の仮説論理を組立てたあげく、ついにはその論理自体にがんじがらめになって煩悶しはじめるのである。この異様なる面白さ。

『ニコラス・クインの静かな世界』で提出されるのは、死亡時刻に関する次の二つの命題である。

①ニコラス・クインは金曜日の午後四時半ごろにはすでに死んでいた

②ニコラス・クインは金曜日の午後四時半ごろにはまだ生きてピンピンしていた

一見、極めて単純なように思えるが、そうではない。これに、ニコラス・クインは耳がほとんど聞こえず、読唇術の達人であった、というデータが加えられ、「彼が聞かなかったものは何か」「彼が眼で読みとったものは何か」といった副命題が複雑にからむからである。モースはここでもまた「もしも」「まさか」「ひょっとして」などとその恐るべき想像力を駆使し数多くの仮説論理を組立てるのだが、やがて論理の迷宮に踏み迷って、「おお、聖母マリアよ」とお得意の悶絶状態に陥ってしまう。

『ニコラス・クインの静かな世界』(ハヤカワ・ミステリ文庫)の解説として書かれたこの文章こそ、《デクスター・ミステリの魅力》を説き明かしたものだと、向井氏はいう。

その通りだと頷きつつ、同時に、わたしは学生時代を懐かしく思い出す。

2

瀬戸川氏は、わたしの先輩である。学生時代には、氏が読んだばかりのミステリについて熱をこめて語るのを、差し向かいで聞くことができた。（羨《うらや》ましいでしょう。）

瀬戸川氏、というより瀬戸川さんが、椅子から身を乗り出し、腕を振り回しながら話し出すと、その作品がきらきらと輝いた。エドウィン・コーリイなど、その最たるものである。――彼のとんでもない二作『星条旗に唾をかけろ！』（マンハッタン島を乗っ取って、引き換えにニュージャージー州をよこせという）、『日本核武装計画』（これはもう、読んでごらんというしかない）について、瀬戸川さんは、後にエッセイ集『夜明けの睡魔』の中で語った。《最近はとんと見かけない》《こうなったら、ごく少数のゲテモノ・ファンの間でのみ語られる〝幻の怪作〟と化してもらいたいものだ》というのが、その結びである。今や、完全にそうなった。そこでこういうのは嫌みだが、わたしは、この幻の書を二冊とも持っている。多分、ずっと処分しないだろう。それについて語ってくれた時の、瀬戸川さんの声、姿が忘れられないからである。

コーリイもそうだが、しばしば、氏の話の方が、作品そのものよりはるかに面白かった。当然である。語るということの面白さは、語られる題材にあるのではなく、語る人にあるのだから。

デクスター論を長々と引用したのは、そこにまさしく《瀬戸川猛資》がいる、と思ったからだ。

ある時、瀬戸川さんはいった。

「お前、アダム・ホールの『不死鳥《フェニックス》を殪《たお》せ』、読んだかーっ」

「いえ、まだです」

「あれは凄いぞー。何たって、主人公が選択肢で思考するんだからなー」

「は？」

説明を受ける。なるほど、これは《凄い》。読んでみた。瀬戸川さんがいったのは、こういう部分である。(村上博基訳・ハヤカワ・ミステリ)

この町にはあとひと月、それ以上はとどまれない。ひと月以内に相手をつきとめるか、でて行くかだ。

ふたつの方法があった。——おそいのと、はやいのと。おそい方法とは、だれかが私をツォッセンにみちびくことを期待して、彼ら——ヘルドルフ、シッカート、カルトほか四十数名全員をひとりずつ洗っていくやりかたである。

(中略)

はやい方法は、ことの順序を逆にする。三百五十万人のなかからひとりを発見するには、そのひとりにこちらを発見させることだ。私がここにいること、彼をとらえるためにいることを彼におしえるのだ。相手の銃火をさそえば、相手は姿をあらわす。そして、彼がたおすよりはやく、私が彼をたおすのだ。

あるいは、

この返信方式には、ふたつの利点があり、部員が無線電信機を携帯できないときは、その効果は倍加する。（中略）もうひとつの利点は……（以下略）

また、

この危険にそなえ、われわれにはふたつの防護手段がある。ひとつは……（以下略）

これである。瀬戸川さんは、この思考形式にたまらない魅力を感じたのだ。どうだろう、これは実に嬉しい相似ではないか。瀬戸川猛資論を書こうとしている人がいたら、これを見逃してはいけない。

さらにいうなら、『夜明けの睡魔』には、こういう一節もある。

リューインのミステリは、この点がはっきりしている。主人公サムスンが、次はなにをすべきか？　この推理はまちがってはいないか？　こんなことをしてなんの得になるのだろうか？　と常に自分自身に問いかけているからだ。

信用できる誰かが何々はよい、といった時、分かることが——二つある。
①それが、よいものらしいということ。
②《誰か》は《何々》に価値を見いだす人であるということ。
この二つだ。
ただし間違ってはいけない。瀬戸川さんの論理好きは、地を這う体のものではない。論理は、独特の直観と洞察、そして詩心に支えられているのだ。

3

すべての評論が自己を語るものである。瀬戸川さんが妙味を見いだしたところに、向井氏が膝《ひざ》をうった。そこが嬉しい。

向井氏の文章はそこから、デクスターの『森を抜ける道』のことになる。

さて、そこで自分の《読み》も、あげておこう。いや、《読み》などという大げさなものではない。わたしも論理偏愛の徒なのだが、この『森を抜ける道』に関しては、印象に残ったところが違った。読後、いい気になって、何人かの人にあの場面がよかったと話していた。今回、その部分を確認してみて、実は愕然とした。冷汗ものである。

まず、《モースのこういう台詞《せりふ》がよかった》としゃべっていたのだが、それは実は警察医マックスがモースに語る言葉だった。（大庭《おおば》忠男《ただお》訳・ハヤカワ・ミステリ）

――と、書いたところで、ふと思い出したのだが、わたしは小学生の時、木から落ちて左腕を折ったことがある。当時、近所に住んでいた《オオバさん》という方が本を届けてくれた。《退屈だろう。本が好きらしいから、あげよう》というのである。子供向けの冒険小説だった。《オオバさん》は翻訳家だったのだ。《大昔のことだもの、別人だよね》と思って、訳者紹介を見たら、大庭忠男氏は大正五年生まれ。そんなことって、あるのかしら……。もしも大庭氏が、あの《オオバさん》だとしたら、こんなところでいうのもおかしなものだけれど、その節は本当にありがとうございました。

さて、問題の台詞はこうなる。

「母はその日ケーキを焼いていた——死んだ日だ。彼女はベッドへ運ばれたが、それでも、フルーツ・ケーキの出来を見たがった。ケーキは平べったくなっていた。ふくらまなかったんだ、モース。すると、母は言った。〝人生はふたしかなことばかりだよ〟ってね。それから目をとじて——そして死んだ」

もう一カ所ある。モースが頑《かたく》なな女性を尋問している。コーヒーを出し、《「ミルクと砂糖は？」》と聞く。

「お砂糖はいりません。ミルクだけお願いします」

モースは彼女の肩に軽く手をおいた。「あなたは気丈な人だ」彼は静かに言った。

突然、涙の水門が全開になって、彼女は顔をそむけてはげしく泣いた。

うまいっ。

しかし、このくだりもまた、わたしの頭の中では変形されていた。彼女は《ミルクだけ》ではなく「どちらもいらない」と答えたことになっていた。とんだ伝言ゲームである。あの頃、わたしと『森を抜ける道』の話をした方々、どうもすみません。

というわけで、作品について語ることが自己を語ることだとすると、結局のところ、分かることが一つ、——わたしは粗忽者《そこつもの》だ。

4

本について語る時、当の本を読めば分かることが書いてあるのは、紹介である。それもまた必要であり、要領のいい紹介は貴重だ。

しかし評論となれば、読んだところで、まず自分では見えなかろうというところを見せてもらいたい。教えてもらいたい。

ウラジーミル・ナボコフは『ロシア文学講義』（小笠原豊樹訳・TBSブリタニカ）で、『アンナ・カレーニナ』の、あの出だし、かつて「ベルトクイズQ&Q」（古い）にも出題されたぐらいポピュラーな——《幸福な家庭はどれもこれも互いにそっくりであり、不幸な家庭はそれぞれ別々に不幸である。オブロンスキー家では何もかも混乱していた》——に、このような注釈を付す。

ロシア語の原文では「ドム」(住居、家族、家庭生活)という言葉が、六つのセンテンスのなかで八回繰返される。この荘重な繰返し、ドム、ドム、ドム、滅びのさだめを負った家庭生活(この小説の主要テーマの一つ)を弔う鐘の音は、トルストイの意識的な文章技法である。

これを読んで、わたしは、あっと声をあげてしまった。ロシア語の分からないわたしが、仮に百回、翻訳で『アンナ』を読んでも、耳に鐘の音は響かない。それだけに《見えた》という思いが強かったのだ。

これこそが評論家のなすべき仕事の、実に分かりやすい例ではないか。

さらにいうなら、ここでは、トルストイが実際それを意図したかどうかは問題ではない(わずかの間に八回のドム、しかも、これは大長編の書き出しである。少なくとも、物語の調子を作者がここで決め、響かせることを意図しなかった、という方が無理ではあろうが)。評論もまた創作なのだから、それは当然のことだ。

これを評論の対象の方からいえば、真に豊かな作品なら、作者の意図を超えて、より多くの読み方ができるものだ。それでこそ古典なのである。

＊一九九九年三月十六日、瀬戸川さんが亡くなった。その前日、病院にうかがったのが最後になった。

『謎物語』のハードカバーが出たときのことである。この章を読んだ瀬戸川さんは、眼と眉を寄せる独特の笑い方をしながら、「お前、あんまり恥ずかしいこと書くなよ」といった。瀬戸川さんの周りは、いつも明るかった。

第十二回

トリックと先例

J・D・カーの『帽子収集狂事件』・横溝正史『蜃気楼島の情熱』のトリックについて触れていますので、未読の方はご注意ください。

1

十一月十三日の讀賣新聞夕刊に、《萩本欽一《はぎもときんいち》が翻訳喜劇を初演出》という記事が出ていた。芝居はピーター・シェーファーの『ブラック・コメディ』。停電時の珍騒動が描かれている。この記事で読む限り、日本初演は劇団四季らしい。わたしは観ていない。だが、はるか昔、(やはり夕刊の)劇評を読み、《うーむ》と唸《うな》った記憶がある。
闇の世界でのどたばたを《見せる》わけだから、当然、明るい舞台でそういう演技をすることになる。歌舞伎にもだんまりがある。だから、それだけでは驚かない。唸ったのは、停電の前の舞台が漆黒だということ。この発想が絶妙だと思った。

停電になれば明るくなり、点灯すれば世界は闇に沈むのだ。この逆さまの奇妙な味。一度聞いたら忘れられない。まさに秀逸、独創的なアイデア――と思い続けてきた。

そうしたところが、讀賣にはこう書かれていた。

舞台上の明暗を逆転させた趣向で、停電前は暗かった舞台が、停電と同時に明るく照らし出される。

この手法は、萩本が浅草のコント修行時代に多用した笑いだ。泥棒と警備員の息を殺した静かな戦い、恋人の語らいを邪魔する男など、暗やみで起こるすれ違いをコントに仕立てた。

「英国でも同じことを考えていた人がいたことがうれしいし、僕の出発点が今でも新鮮な笑いになることを再確認した」

びっくりした。

厳密にいえば、《この手法》という言葉が《停電前は暗かった》という部分まで含んでいるのかどうかは分からない。しかし、そう思いたい。そして、確認したい。人間は《同じことを考え》るものだ、と。

しかし、その一方で『ブラック・コメディ』と同じ着想展開の脚本を、今、《別個に》書いても、それはもはや新作として通用しない。この問題——《先例》ということについては前々回に考えた。それだけに、讀賣の記事は印象に残るものだった。

さて、その問題に関して、またいくつか書き記しておきたいことが出て来た。

2

角川書店の方から、《あなたの好きな横溝正史の作品は？》という御質問をいただいた。わたしは、即座に『蜃気楼島の情熱』と答えた。

東京創元社『日本探偵小説全集』の横溝の巻を作っていた時、《もう一作、となったら、これを入れたいな》と思った。その《もう一作となったら》という位置付けが、微妙なところだった。

実は、この作品のメイントリックはカーの『帽子収集狂事件』の延長線上にある。——

より正確にいうなら、わたしは、まったく同じだと思い込んでいた。

だから、角川書店への答えにも《トリックは、横溝も愛した海外大作家の有名作品そのまま、現代なら問題になったろう》、しかし、その使い方が見事、と書いた。

これが、とんだ間違いだったのである。その事情を述べる。

さて、『帽子収集狂事件』は、乱歩があの『J・D・カー問答』(『続・幻影城』)で第一級の作品とした六作の一つ。

乱歩は、これを『皇帝のかぎ煙草入れ』と共に、密室ものではないが《「密室」以上の不可能興味が創案されている》と評している。

それをより具体的に書いた資料がある。『別冊宝石27　探偵小説全書』の「乱歩先生とトリック問答」。聞き手は渡邊剣次《わたなべけんじ》である。


早春の晴れ上ったある日曜日の午さがり、私は探偵小説のトリックに関する五項目の質問を携えて、東京池袋の江戸川乱歩先生宅を訪ねた。以下は先生と私との間に交された二時間半余に亙る一問一答の要約である。

おお、何とどきどきする出だしであろう。《質問第四》の冒頭がこうだ。

『次は感心されたトリックの実例ですが』
『戦後、僕のよんだものか』
『そうです』
『カアなんか、実はほとんど戦後よんだんでね。そうだな——、トリックとしては、カアの「皇帝の嗅煙草入」「帽子蒐集狂事件」なんか好きですね』

ここでも、真っ先に前述の二作の名があがっている。

『「帽子蒐集狂事件」では、巻頭の例の帽子蒐集の気狂めいた謎の提出ですか』
『あれも面白いけれど、死体移動のトリックが好きなんだね』

というわけで、乱歩が『帽子収集狂』のどこに妙味を見いだしたかがよく分かる。死体移動のトリックである。

実はこれ、じっくり読み、人の動きをよくつかんでおかないと、不可能興味がどこにあるのか自体が見えない作品なのである。乱歩は、きちんと読んでいる。

話の都合上、種明かしをしてしまう。死体移動の車に第三者が同乗したために、それが死体を運搬した筈《はず》がないと思われ、犯行が不可能だったように見える、というパターンである。

わたしは、ずっと思い込んでいた、――この作品の出だしはフェル博士達が車でロンドン塔に乗り込むところだった、と。その車に何と死体が隠してあった。名探偵の乗っていた車が、死体移動に使われたからこそ、事件が不可思議に見えたのだ、と。

今回、読み返してみたら、まったく違っていた。犯行はフェル博士とは関係のないところで起こっている。犯人が死体を運ぼうとした車に、無理やり第三者が乗ってくるという筋だった。

気がついたときは、将軍はステップに飛び乗っておられたのです。僕の顔を見て、にやにや笑いかけながら、何とわしは運がよいんじゃろう。ひとつ、運転台に乗せてもらうとするかな。そんなことを言って、無理にも割り込んで来るようにみえたのです。

僕はいつか、車を停めていました。これまで幾度も、小説のなかで、心臓が止まるばかりの恐怖という表現に出会いましたが、いまはじめてそれを如実に

味わいました。(宇野利泰訳)

実に恐い。同乗された犯人に同情してしまう。しかし、《トリック》という面から見ると、これでは《偶然》が不可能興味を生んだことになってしまう。犯人が巧《たく》んだものではなかった、というのでは、ミステリとして物足りない。

これはやはり犯人のぬけぬけとした計画のもと、探偵や主要登場人物を乗せた車が、同時に死体をも運んでいたのでなければ面白くない。わたしは、『帽子収集狂』がそういう作品だったと、頭の中で勝手に改作していたわけである。

どうしてそうなったか、わけは二つ。そうであってほしいという期待と、さらに同じ作者の「妖魔の森の家」(『カー短編全集2』所収・創元推理文庫)が重なったせいであろう。

ことのついでにいうなら、「妖魔の森の家」はトリックの面から考えるなら、まったく納得できない作品である。しかし、今、それに触れている余裕はない。ただ、あの中でH・Mがバスケットを運んだことが、この《改作》に影響していることは確かだ。

3

そこで『蜃気楼島の情熱』だが、これがまさしく、わたしの頭の中にあった『帽子収集狂』のトリックそのもの。だから、最初に読んだ時、あれれ、と思った。

『蜃気楼島』が書かれたのが昭和二十九年。勿論《もちろん》、これを書く前に横溝は『帽子』を読んでいる。いや、読んでいる、どころではない。彼は人も知る通り、《現存する探偵作家では》《ディクスン・カーを最も愛読してゐる》といい、そのベスト3として《『帽子狂の殺人』『死人を起こす』『プレーグ・コートの殺人』》をあげている（『宝石』昭和二十一年十二月号）。

十五年以上経った昭和三十七年、『ヒッチコックマガジン』の「カー座談会」におけるベスト3でも《「黒死荘の殺人」と「帽子収集狂事件」がいいな。それから、「死人を起こす」》といっている。訳題は違うが、いうまでもなく同じ三作である。横溝にとって『帽子』は愛するカーの、愛する作品なのだ。それとまったく同じトリックを使うのはどうか？――と、わたしは思ってしまった。

ところが、違った。これは横溝のカーへの挑戦であり、『帽子収集狂』の改良だったのだ。

前述の座談会での、『帽子』についての、横溝の言葉を拾えば、《死体運びがうまくできてるんですね》《これは新しいトリックだね》。横溝は、それを一歩進めて、『蜃気楼島の情熱』を書いた。

巨匠の、まことに見事な仕事ぶりを見てみよう。

物語は、金田一耕助と、パトロン久保銀造の会話から始まる。ところは瀬戸内海を望む宿の二階である。《海の向こう一里ばかりのところに、小さい島が浮かんでいる》。アメリカ帰りの志賀という男が、その島を買って《龍宮城のような家を建て》て住んでいる。《よくよくみるとチャチなもんでね。材料なんかも安っぽいもんで、それを極彩色に塗りたくって誤魔化してあるというもんなんだが、結構だけは相当なもんだな》という。

ちょうど、そこに当の志賀泰三がやってくる。彼はアメリカで、フランス系アメリカ人と結婚していた。しかし、その妻は情夫を作り、さらに別の男をも誘惑し、そんないざこざの果てに殺されていた。傷ついて帰国した志賀だったが、こちらで親子ほども年の違う純真な娘と巡り会い、再婚していた。

志賀は、満面に無邪気な笑みをたたえている。愛妻に子供ができたというのだ。だから、島に置いてきた。ぜひ、女房の顔を見に来てくれ、と。

ところが、その夜、島に帰るランチに耕助達が同乗した時、志賀の様子はまったく変わっていた。ぐでんぐでんに酔い、《駄々っ児のように両脚をバタバタさせ》また《急にしくしく泣き出》す。ランチを運転する、志賀の親戚の若い男が《おやじがあんなことを打ち明けなければよかったんです》という。

島に着く。

翌朝、耕助は志賀の号泣を聞く。《「静……静……おまえはなぜ死んだ。おれをのこしてなぜ死んだ。静……静……」》

4

これが出だしである。

『帽子収集狂』パターンの話をしているのだから、トリックはもうお分かりだろう。静子は、海上一里先の島にいた筈。ずっとこちらにいる人間は犯人ではあり得ない、という状況である。ところが、犯人たちは彼女をうまくおびき出して殺し、死体を島に帰すのに志賀のランチを使ったのだ。

「耕さん、耕さん、それでいったいあの死体は、いつ沖の小島にはこばれたんだね。ひょっとするとわれわれといっしょに……」

「そうです、そうです、おじさん。そのときよりほかにチャンスはないわけですからね。かってにランチをうごかせば怪しまれるし、沖の小島でもランチの音をきけばすぐ気がつきます。だから、おじさん、ゆうべ志賀さんが泣きふしたあの腰掛けのしたに、奥さんの死体がよこたわっていたわけですよ」

「畜生！」

銀造老人は歯ぎしりをし、磯川警部はいまさらのように、犯人、あるいは犯人たちのだいたんといおうか、冷血無残といおうか、ひとなみはずれたやりかたに、つめたい戦慄を禁ずることができなかった。

肝心なのは、そのランチにほかならぬ名探偵金田一耕助が乗っていたことだ。この皮肉。横溝は前述の座談会でこういうこともいっている。

いや、トリックというものはみんなくだらんものなんだ。ただ死体運びというトリックを使っても「帽子蒐集狂事件」なんか、その博物館の雰囲気が出てるんですよ。矢でやられてるのがめずらしいんだな。トリックはまったくくだらないんだよ。それがどういうふうに付随するかですね。

確かに、トリックというのはそれだけで生きられるものではない。『蜃気楼島』の志賀が泣きふしたのはなぜか。犯人の一人から、静子のお腹にいるのはお前の子ではない、と偽りの《告白》をされたからだ。許し難いことに、それも犯行の重要な要素なのだ。

無残に殺された静子は、犯人達の都合で裸にされて、その下に押し込まれている。裸ということに、無念、哀しみ、悲惨が凝縮される。

複数の犯人というのは、本格の場合には著しく興をそぐものだ。しかし、この作の場合には、それがかえって効果をあげている。真相を皮を剝《は》ぐように明らかにしていく横溝の手際は、まさに神業である。その皮の下からは何が現れるか。かつて『エヴァ・ライカーの記憶』が、異形の犯人といおうか、まさに人でなしの夫婦を描いて効果をあげていた。そういう意味で、これは日本推理小説史上、屈指の名犯人小説である。このトリックの持つ奇妙な味が、それをなす卑劣漢達を、そしてまた被害者側の純朴さ、あわれさを、鮮やかに浮き上がらせるのだ。

また、志賀がアメリカで妻を殺されているという設定。その犯人が島に来ていること。さらには、龍宮城のような志賀の家。そこを《蜃気楼島》と名付ける感覚。どれを取っても舌を巻くばかりである。完璧といっていいのではないか。

パターンをみがく、——先例のあるものを自らの作品にする優れた例がここにある。

（この項、続く）

第十三回

トリックと先例(続き)

杉山冴子《すぎやまさえこ》『双児の姉妹』・甲賀《こうが》三郎《さぶろう》『青服の男』のトリックについて触れていますので、未読の方はご注意ください。

1

『帽子収集狂事件』と『蜃気楼島の情熱』の双方を読んでいて覚えていそうな人物——二《に》階堂黎人《かいどうれいと》氏に電話をして、ご意見を聞いた。前例ということで引っ掛かるかどうかである。

二階堂氏は、わたしのようなおっちょこちょいではなかった。両者の違いをよくわきまえていた。

「まったく別のものですね、問題ありません」

わたしの方は、勘違いしていたことをお話しし、頷《うなず》きつつ、こういった。

「しかし、このトリックの改良も、ここまででしょうね。応用はあまりできそうもない」

すると、二階堂氏は即座に、最近のある長編をあげた。

「――なんかは、その鮮やかなバリエーションだと思いましたが」

「はあ……」

わたしも読んでいた。のみならず、その年のベスト5に入れていた。だが、トリックの部分をまったく覚えていない。

「そうでしたっけ。――しかし、こういうトリックは褒めようとしても褒めにくいですね。密室ものだったら、《その新しいパターン》と書いても大丈夫だけれど、《第三者が同乗する死体移動》だと、それが使われている、というだけでネタばらしになってしまいますものね」

というわけで、その作品名はここに書かない。

しかし、読んだトリックを忘れるということはあるわけで、これは恐い。

この秋、テレビで、《視聴者への挑戦》タイプのミステリ番組をやっていた。ミステリ界で博覧強記といえば、まず浮かぶ新保博久氏の名前が、制作者グループの中にあった。その番組の中で、東北の《仙台》と九州の《川内《せんだい》》の同一音を利用した部分があった。わたしはびっくりして、早速電話してしまった。

「はいはい、新保です」

「北村ですが、あのセンダイとセンダイですが――」

「ええ」

「あれは、鮎川先生の『南の旅、北の旅』ではありませんか」

「あ、ありましたっけ」

「いや、新保さんなら読んでいないわけがないと思いまして」

「はあ、読んではいますが、忘れていました」

さて、ここでの問題点。《同一地名の利用》というのはすでに何作もあって、パターンなのである。だから、それを使うのは一向にかまわない。ただ、新しい地名の組み合わせを――東京と、どこかのトーキオーなどというように考えなくてはいけない。

知らずにやってしまって、独立した作品を作り上げたのなら、許容範囲に入るだろう。だが、ここで、新保さんは辛《つら》いよ。

《あの新保教授なら知らない筈《はず》がない》と思われてしまうのだ。しかし、考えてみればいくら博覧強記とはいえ、読んだ作品総てを覚えていられるわけがない。変な奴から、いきなり電話がかかってきて《あれ、数十年前の短編にあったでしょう》などといわれるのは迷惑だ。

わたしにしても、「南の旅、北の旅」（この作品は《センダイ》の同一地名に関して、隠した書き方をしていない。その素材をどう扱うか、といった作品なので、以上のことを知った上で読まれても差し支えない、と思う）を覚えていたのにはわけがある。それが短編集『裸で転がる』中の一作として、角川文庫に入った時、解説を書いたのが——実はわたしなのだ。でなかったら、忘れていたかもしれない。いや、——《あの北村なら覚えている筈がない》。

いずれにしても、先例や類似作と比較することによって、より深くその底に錘《おもり》を下ろすことのできるのが作品というものだろうに、こと本格のトリックに関しては、そうもいえない。

2

以前に書いた『日本殺人事件』についての回を、山口雅也さんが、お読みになった。そしてお電話をくださった。

『三重露出』は意識したが、『色眼鏡の狂詩曲《ラプソディ》』並びに『ちはやふる　奥の細道』は読んでいなかったとのことだった。

そして、《不思議の国日本のミステリ》という意味では、むしろ、原典ともいうべきアイリッシュの『ヨシワラ殺人事件』や『007は二度死ぬ』が浮かぶとおっしゃった。そういう意味でなら、わたしの方はアール・ノーマンの日本を舞台としたシリーズが珍作として話題となっていたことを思い出す。（電話の後、東京創元社の戸川《とがわ》編集長に、作者名がアール・ノーマンでよかったかどうか、おうかがいしたら、《そうです。それは『キル・ミー・シリーズ』です。『三重露出』の発想のヒントになった作です。持ってますよ。ご覧になりますか》と軽くいわれてしまった。本当に何でも知っていて、何でも持っていらっしゃる。）

いずれにしても、どんな作品でも、その背後には数多くの先行作品があるものだ。

そこから、『帽子収集狂』や本格のトリックの話になった。山口さんは結論として、こうおっしゃった。

「僕たちが誰かのこと、好きだといっても、その人を構成している要素ってのはいろいろあるわけじゃないですか。目とか鼻とか声とか、考え方、身振り手振り、そういうものが全部揃って一人の人になるわけですよね」

「はい」

「――トリックというのは、ミステリの一つの要素ですよね。だから、それだけを抜き出して、問題があるといったり、前例があるといったりしても、始まらないと思うんですよ。我々が、そのミステリを認められるか、――つまり、好きになれるかどうかは、部分ではなく、要素の結合体としての、《作品》を見て決めるわけですからね」

まったく、その通りだと思う。

欠点があっても、いい人はいいね、となる。であれば、わたしは、トリックに関しての誤解を抱いたままでも、『蜃気楼島の情熱』を、素直に推してよかったのである。一方で、同じ『日本探偵小説全集』中に、坂口安吾『不連続殺人事件』を、採ることに躊躇《ちゅうちょ》しなかったのだからなおさらだ（『不連続』が海外著名作品と同一トリックであることは、広く知られている。）

考えてみれば同様のことを、ミステリとはまったく別の本に接して感じてもいた。

去年の夏、ある本屋さんに入った。影の濃い外から、ひやりとした店の中に足を踏み入れた時の感覚までが蘇《よみがえ》ってくる。まず『歴史新聞』（日本文芸社）を買い、次いで新刊の棚を見ていった。すると背表紙の黄色の地に、黒で『ズーム　ZOOM*』（翔泳社）と書かれた本が目に入った。

著者はイシュトバン・バンニャイ。すでに十か国以上で出版されたベストセラーだそうだ。この本に訳者の名はない。しかし、超訳ではない。もともと本文がないのだ。つまり絵のみの絵本である。

最初のページには、奇怪な、赤いひとでの一部分のような絵が描かれている。次のページで視点が後ろに下がると、そこには雄鶏《おんどり》の上半身。——不思議なものは、とさかだったのだ。

というわけで、次々と視点は引かれていき、局面は刻々と変化していく。最後の場面まで行けば、おそらく誰もが、今度はページを逆にめくってまた迫りつつ楽しむことになる。そのズームイン、ズームアウトの妙について細かく説明するわけにはいかない。これはやはり、自分の目で見てもらうしかない。思わず買ってしまう本である。その後、隣町の図書館に行ったら、新刊のコーナーに並んでいたので、なるほど話題の書なのだと嬉しくなった。

しかし、この作品を中心となるアイデア（＝トリック）で考えるなら、さして新奇なものではない。いや、それどころか今までにも多くの人がこういうことを思いついたろうし、描いてもきたろう。それでも、この本は、独立した、魅力あるものとなっている。なぜか。個性ある表現がそこにあるからだ。著者バンニャイが、彼ならではのやり方でアイデア

（＝トリック）に生命を与えたのだ。こういうアイデアだから、魅力的なのではない。彼が描いたから魅力的なのだ。

人間の書くものだから、同種のトリックを使った作品が生まれない方がおかしい。そのどちらを生かすかの鍵は、後先ではなかろう。時の流れの中に置けば、自然と結果は出る。ただ、――誤解してはいけない――、消える作品は、もう一方があるから消えるのではない。秤《はかり》の皿の片方に何が載っていようと、残るべきものは残る。共に価値があれば双方が残るのである。

そうではないか。

3

さて、実は、わたしの一番新しい本『覆面作家の愛の歌』の中にも、はっきりと関連作品のあげられるものがある。巻頭の「覆面作家のお茶の会」である。

「お茶の会」の鍵になるのは、相続税の問題だ。これを扱った作品に初めて行き当たったのは学生の頃である。『ポケット・ミステリィ』（中島河太郎《なかじまかわたろう》編・光書房）に収められている杉山冴子の「双児の姉妹」だ。

名探偵江戸川氏のところに、美しい依頼人がやって来る。友達が死んだという。しかし、《死因には一点の疑いもありません。自分の家の門を出たとたん神風トラックにひかれたのです》。それでは、何故、探偵のところに来たのか。死んだ和子には双子の姉がいた。姉の俊子は、養女に行った先の財産を相続して資産家になっている。町で偶然、その姉に会った時、依頼人は強い不審を感じたというのだ。双子とはいえ、つまらない小さな癖に至るまでそっくりである。死んだのは姉の方ではないのか。しかし、どうして死んだ人間になりすます必要があるのだろう。

名探偵江戸川氏は、その謎をさらりと解く。

お兄様は国税庁に勤めていられるし、和子さんは法律事務所に勤めていた関係から少し社会の裏側を眺めすぎたんです。どうやって他人を出しぬくか、どうすれば税金をごまかせるか、そんなことばかり考えている人間を毎日のように見ていたわけでしょう。そうでなければ、肉親の死という悲しい出来事を目の前にして、とっさにそれだけのことが思いつけるものではない。ちょっと普通の神経の持主にはできないことですよ。誰にでもできる方法ではないが、実に見事な脱税ではありませんか。

凄いと思った。そのために、まったく別の人間としての人生を歩むのだ。《自分》は死者となって葬られるのだ。友達に読ませたが、さほど感心しなかった。しかし、わたし自身の胸中のアンソロジーには、その時以来入っていた。

ところが、東京創元社の『日本探偵小説全集』に収める作品を選んでいて、知った。甲賀三郎がすでに、このアイデアで短編を書いていたのである。「青服の男」。

「一体何の為に卓一は信造になる必要があったのかね。そんなことをしなくっても、信造の財産はそっくり卓一のものになる訳じゃないかね」

「そこですよ。主任。えーと、相続税というものはどれ位かゝるんですか」

(中略)

「無論犯罪だ」警部は大きな声でいった。「最も近代性があって、それから」

と考えながら、「些かユーモアのある犯罪だね」

杉山冴子には『宝石』の昭和三十四年版『新人二十五人集』に収められた「動機」とい

う作品も（というか、この二作しかわたしは知らないのだが）あり、彼女（かどうかも分からない）がいわゆるホワイダニットに関心を持っていたと分かる。

そのホワイダニットを、甲賀三郎がすでにやっていたというのが面白い。迷うことなく、これも入れましょうと戸川編集長に進言できた。

二作を比べた時、「双児の姉妹」の方がより簡潔であり、フランスが生んだ奇想軽妙の作家カミ（カミュではない。『名探偵オルメス』の著者）に相通ずるものがある。ただ、こちらは《名探偵江戸川氏》としたところが、悪い意味で作品を軽くしている。飛べない軽さ、である。

ともあれ、「青服の男」を読んだ瞬間に、わたしの内で《相続税を扱う》というのは《独自のトリック》ではなく《パターン》となった。勿論《もちろん》、《相似の人間が入れ替わり奇妙な味を出す》という部分は聖域である。ここは特殊な部分であり、後の者が踏み込めない。

そしてバブルの崩壊である。土地の評価額と現実のそれとのギャップが社会問題となった。そこで自然と、ああいう物語ができあがったわけだ。

＊バンニャイに『リズーム』という作品があるという。こちらではどういうことをやっているかと楽しみにしていた。ところが聞いてみるといけない。『ズーム』のやきなおしで

ある。《彼の絵であのアイデア》というのが絶妙と感じられたのは、一作までであった。

この辺りが難しい。

第十四回

解釈について

綾辻行人『霧越邸殺人事件』『時計館の殺人』の内容に触れているところがあります。未読の方はご注意ください。

1

最近楽しくなってしまった文章をご紹介しよう。うちの下の娘（当時小学三年）のクラスでは、毎週、担任の守先生手作りの学級通信『果汁１００％』が配られる。わたしも愛読者である。

そこに、こんな記事が載った。

3の2小話　ほんとにあった、ウソのような話…

〈瞳をこらして〉

先生・「瞳をこらすという言葉がありますが、この言葉の意味がわかる人いますか？」

Aくん・「はい!! 目を大きくあけることです」

先生・「ほォ、なるほど…他には？　はい、Bくん!!」

Bくん・「はいっっ!! 口のまわりにタオルとかを当てて息ができないようにすることです!!」（自信たっぷり）

Cくん・「そりゃ、ヒトをコロスだろ…」

（ぶっそうですみません でもこんな答えを奨励している訳ではありませんから、ご安心を）

〈目まぐるしく動く〉

先生・「目まぐるしいって、どんな意味？」

Aくん・「はい!! 色々なものがあちこちに通り過ぎ、目がまわること」

先生・「いいね、いいね。…あっ、Bくん、手をあげてるね、どうぞ」
Bくん・「はいっっ!! サーカスとかで、トラとかが輪をぐること…」
Cくん・「そりゃ、火の輪くぐりだろ」
一同爆笑、先生涙…
ちなみに、このB君は同一人物で、つっこみを入れるC君も同じ子です。B君はまじめな顔して平気ですっとぼけてしまう、まさに天然ボケの少年でクラスの人気者。愉快で元気があり、傍にいるだけで楽しくなる子です。誰だかは…お子さんに聞いて下さい。

B君の頭の回転は素晴らしい。いや、回転というより閃《ひらめ》くのである。授業がそう流れてくることなど予想できない。咄嗟《とっさ》にそう出るのである。そして、さらに凄いのはC君の存在だ。

B君がしゃべっただけでは、それこそただの無意味なうわ言である。その意図を読み取り、瞬時につっこんでみせなければならない。それが彼の役どころなのだ。
〈目まぐるしい〉の方は、ちょっと凝り過ぎの感がある。しかし、前者のやり取りは絶妙。
《口のまわりにタオルとかを当てて――》と出たことによって生じる不可解さ、奇妙な緊

張。それを鮮やかに解決するC君。《そりゃ、ヒトをコロスだろ》

まさに黄金のバッテリーである。どちらが欠けても、この芸はできない。

そこで思ったのだが、これは《本格推理》の行き方ではないか。話の流れの中で、摩訶不思議な謎を作る者と、それを解く者の絶妙の連繫プレーが要求される。

神のごとき名探偵というのは、紙の上だけの話、現実感のないものと思いがちだ。しかし、C君の才知の閃きを前にすると、あり得ないことでもないのか、と思ってしまう。

2

さて、現代本格の代表選手の一人、綾辻行人さんと一緒に、氏の『霧越邸殺人事件』の舞台を観たことがある。

劇団は、かつて何と『虚無への供物』を舞台化し、話題となった「てぃんかーべる」。女性だけで構成され、その後も綾辻作品、また岡嶋二人《おかじまふたり》『そして扉が閉ざされた』などに取り組んでいる。

原作に忠実かつ要領のいい脚色で『霧越邸』の妙味がよく伝わってきた。

その後で、綾辻さんに『霧越邸殺人事件』の感想をお話しした。

この作には、計算された《あまり》がある。上の硝子《ガラス》が十文字に割れて、最後まで説明がつかないといったような、いわゆる本格の枠におさまらないところである。わたしは、そこを非常に面白く読んだ。

そして最後に、重要な登場人物が読者の目から隠されていたことが分かる。いうまでもなく従来の本格では、そういうことはタブーである。アンフェアとされる。

わたし自身が、いまだに忘れられない例をあげれば、ルブランの『虎の牙』。子供向けのルパン全集が小学校の図書館にあった。これを借りるのが無上の楽しみだった。

小学二年から役員をやることになっていた。図書委員になると図書館の本を借りられるという噂が流れ、真っ先にその役を希望したことを思い出す。ただし蓋《ふた》をあけてみれば、二年生からは誰でも借りられるのだった。カウンター当番をしながら、だまされたような気がしたものだった。

さて、『虎の牙』だが、巻末に至ってそれまで一度たりとも姿を見せたことのない怪人物が現れ、それが——犯人なのだ。呆《あき》れてしまった。しかし、『霧越邸』の場合は膝《ひざ》を打ったのである。

母親は死に、子供が一人隠れていたというのだが、本格の世界で作者が《一人隠れていた》というなら、二人隠れていてもいい、三人でもいい。実は、実は、と続けられる。焼け死んだ筈《はず》の母親が《実はいました》といって出て来てもいい。解決は一つ引っ繰り返されたが、まだあってもいい。底は決して見えない。

というわけだから、この《一人隠れていた登場人物》という設定が、この『霧越邸』でなされるのは頷《うなず》ける。本格推理は多くの場合、最後に《名探偵、皆を集めて、さてといい》という型で、総《すべ》ての解決がつく。そういうパターンに対して、新しい地平を開くのだ。――そんな意味合いが、この登場人物に象徴的に表れている。

そう考えて非常に面白かったと申し上げたら、綾辻さんが、

「あ、そうですか。そういうことは全然考えてませんでした」

その前にお会いした時には『時計館の殺人』のことをお話しした。

ものにはイメージというものがある。本格のイメージは《密室》、ハードボイルドのイメージは《失踪》だ、といういい方がある（失礼ながら、どなたの言葉だったか、忘れてしまったのだが）。まことにいい得て妙だと思う。大金持ちの令嬢が失踪するところから始まる、といえば何となくハードボイルドのような気がするし、密室で人が殺されていれ

ばいかにも本格のようだ。

ところで本格らしい本格の題材に、もう一つアリバイくずしというのがある。しかし、考えればこれも《時間の密室》といえる。となれば《時計》は本格の象徴的なものといえる。

さて、従来、アリバイくずしというジャンルが成り立ったのは、時間という絶対的な枠が世界にあったからだ。だからこそ、その中で幾つかの時計を狂わせていくようなことが可能であった。

ところが『時計館』においては、舞台となる世界そのものの《時》が狂っている。ということは、これはその前提からして、従来の本格ではないものを作って行くぞ、――という宣言ととれる。ここで作者は《新・本格》宣言をしている。これを書いてしまった綾辻行人は、次に何を書くのだろう。

そう考えて非常に面白かったと申し上げたら、綾辻さんが、

「あ、そうですか。そういうことは全然考えてませんでした」

そういうことは当然あるわけなので、様々な解釈をなし得る作品、批評の方法が時代と共に変わっても常に受けてたち、その対象となり得る作品こそ懐が深いといえ古典といえるわけだ。

3

などと述べた後に自分のことを書いてはまずいが、これはそういう意味ではなく、ちょっと面白い話として聞いてほしい。

実は今の綾辻さんの件は、関西ミステリ連合のゲストとしてご招待を受け、講演をした時にも話した。客席に綾辻さんがいらして、にこにこしていらした。

その後、関西のミステリ関係者とお茶を飲むことになったら、法月綸太郎さんが、

「北村さん、『空飛ぶ馬』の《円紫さんと私》の関係についてなんですが、あれには『Zの悲劇』以降のドルリー・レーンシリーズの影響がありませんか」

うーむ、と思った。ペーシェンス・サムとレーンか、なるほど。

「いやあ、そういうことは全然考えてませんでした」

法月さんは続けて、

「あの中の『砂糖合戦』を書かれた時には、『Xの悲劇』に出て来る《砂糖のダイイング・メッセージ》を意識されたのではありませんか」

うーむ。

「いやあ。そういうことは全然考えてませんでした」

こういうことがあったものだから、竹本健治氏の『ウロボロスの基礎論』を読んでいて、関ミス連に招かれた時の、次のような記述が強く印象に残った。

質問の最後は法月君の「『偽書』の「トリック芸者シリーズ」は山田風太郎の『妖異金瓶梅』の影響があったかどうか」だった。僕の答は「『妖異金瓶梅』は読んでません」でチョン。

4

しかし、読むという行為は受け身のものではなく、極めて能動的なものである。福武文庫の『黒澤明語る』（聞き手：原田眞人《はらだまさと》）を読んだ。原田氏の黒澤監督への迫り方に、わたしは深い共感を覚えた。『八月の狂詩曲』について、原田氏は次々と創意ある意見を述べる。《話したいことがいっぱいあってどこから質問していいかわからないのですけれども》という感動的な出だしで始まり、

音楽ひとつにしても「野ばら」とヴィヴァルディが見事な調和で盛り上げる。音楽で言うなら僕には「ボレロ」も聞こえてきた。画面の流れが「ボレロ」なんです。それも早坂（文雄）さんが『羅生門』でやられた「ボレロ」。絵（画面）をつないでいるときとか、脚本をお書きになっているときに「ボレロ」を意識されましたか。

黒澤　いや、それは意識していなかったですね。

（中略）

なぜ早坂文雄さんの「ボレロ」が聞こえてきたのかなと、自分でもいろいろ考えてみました。『八月の狂詩曲』は入道雲のショットから始まっていますね。『羅生門』は入道雲で終わりたかったけれども終われなかった映画だということを、どこかで黒澤監督が書いておられて、それを読んで記憶にあるのですけ

れども、入道雲で始まって、タイトルが出て、四人の子供がおばあちゃんの田舎の家ですごす夏のドラマがあって、最後に『羅生門』の導入部のような土砂降りの雨になる。ちょうど『羅生門』と逆の形なんです。

黒澤　（笑いながら）まあ、そういう具合にこじつければね。

（中略）

ジャングルジムが早坂さんで、杉林のほうは落雷受けて心中したという、その台詞も含めて黒澤監督のお兄さんのような感じがして、その彼らに「もうすぐ行くから会おうよ」という感じがしたんですけれども。

黒澤　べつに全然意識していなかった。

（中略）

『八月の狂詩曲』は原作が『鍋の中』（村田喜代子）、『羅生門』の場合は『藪の中』（芥川龍之介）ということもあって、わりと人間関係のごたごたしているところとか、『羅生門』とつながっている部分というのはありませんか？

黒澤　ない。

茶化しているのではない。この本は発見の多い本だが、それを支えているのは、このような原田氏の創意だと思う。作品はそこにあっても、それを読むのは個々の読者なのである。名探偵は《あなた》なのだ。実りは読者の内にある。

また優れた新解釈を聞く時、私達は（時に作者自身も）その作品が、内に秘めていた魅力を知る。山田《やまだ》太一《たいち》氏が『婦人公論』（一九九五年十一月号）に寄せた文章『うまい!!!』に、こう書いている。

> おおたか静流さんが昔の唄をうたうと、え？　こういう唄だったの、と時には別の唄を聞く思いがする。一番新しいCD『リピート・パフォーマンスIII』の「上を向いて歩こう」もそうで、坂本九さんの仕事はそれはそれで面白いのだけれど、静流さんのはもう全然別の表現で、ああこんな悲しい唄だったのだと今まで明るい唄のような気がしていたのが不思議なくらいなのである。同じCDの「いとしのエリー」のなんと秘めやかなこと。

これは同時に、あの歌詞の曲を、明るいと感じさせた坂本九《さかもときゅう》に対する驚きともなり得る。小説の世界でいうなら、これが評論家の仕事である。

第十五回

解釈について（続き）

1

ジャン＝ジャック・フィシュテルの『私家版』（東京創元社）という本の結末について、是とする評と非とする評が出た。わたしは前者なので、正反対の意見が出たことが面白かった。

この本を《北村さん向きですよ》と薦めてくれたのが新保博久氏。忘年会で顔をあわせた時、結末についての御意見をうかがった。すると、思いがけない第三の説。

「あれは真ん中が面白い話だから、最後はどうでもいいのです」

そして、

「北村さんと、わたしではミステリの評価がまったく違いますね」

「ああ、なるほど。新保さんは『黒死館』も『虚無への供物』も認めませんものね」

と、わたしは応じ、その瞬間——これは新保さんへの年賀状にも書いたのだが——ふうっと、何ともいえない幸福感が湧き上がってきた。妙に思われるかもしれないが事実である。

その時の気持ちを言葉にすれば以下のようになる。

《様々な立場から見た名作がある。それだけミステリは幅が広いのだ。ミステリの名作もそれだけ多くあることになる。わたしが狭い窓から見ている何倍も。何と豊かなのだろう》

2

さて最終回。まず初めに、太宰治『トカトントン』の一節。昭和二十年八月十五日の玉音放送の後、《つかつかと壇上に駆けあがっ》た中尉がなお徹底抗戦、自決を叫ぶ。

そう言って、その若い中尉は壇から降りて眼鏡をはずし、歩きながらぽたぽた涙を落としました。厳粛とは、あのような感じを言うのでしょうか。私はつっ立ったまま、あたりがもやもやと暗くなり、どこからともなく、つめたい風が吹いて来て、そうして私のからだが自然に地の底へ沈んで行くように感じました。

死のうと思いました。死ぬのが本当だ、と思いました。前方の森がいやにひっそりして、漆黒に見えて、そのてっぺんから一むれの小鳥が一つまみの胡麻粒を空中に投げたように、音もなく飛び立ちました。

ああ、その時です。背後の兵舎のほうから、誰やら金槌で釘を打つ音が、幽かに、トカトントンと聞えました。それを聞いたとたんに、眼から鱗が落ちるとはあんな時の感じを言うのでしょうか、悲壮も厳粛も一瞬のうちに消え、私は憑きものから離れたように、きょろりとなり、なんともどうにも白々しい気持で、夏の真昼の砂原を眺め見渡し、私には如何なる感慨も、何も一つも有りませんでした。

3

雑誌の、本に関するコーナーを読んでいて、本当にびっくりしたことがある。有吉玉青《ありよしたまお》さんが、『フラウ』で三冊の本を推薦していた。その一つが谷崎の『途上』。有吉さんはいう。

ある事件を巡って、探偵とある男が話をしていくんです。男の妻が死んだ事件なのですが、探偵に誘導尋問をされて、男は自分の心の奥で妻の死を願っていたことを知ってしまうの。これも怖かった。デュラス（『モデラート・カンタービレ』を指す）も谷崎の小説も、最後に主人公はへなへなとくずおれるんです。自分の中のもう一人の自分に気づいたとき、人は対処のしようがない。

その気持ちはわかりますよね。

談話であるから細かいニュアンスは伝わっていないかもしれない。だが、趣旨はこの通りと考えて、話を進めさせてもらう。

『途上』について、こういう解釈をした人は、まずいないだろう。少なくともミステリファンにはいない。

『途上』は、江戸川乱歩《えどがわらんぽ》のいうプロバビリティーの犯罪、即ち、あわよくば型殺人テーマの古典ということになっている。つまり、ここに描かれているのは、夫による《周到極まる計画犯罪》なのである。

妻が車に乗る時には事故があった場合危険な席に座らせ、チブスがはやれば菌のいそうなものを食べさせる、そういうことを数限りなく行うのである。

乱歩は随筆『プロバビリティーの犯罪』の中で『途上』に触れ、《私はこれを読んだとき、何が巧妙だといって、これほど巧妙な殺人はないだろうと感じ入り、その影響で「赤い部屋」という短編を書いた》といっている。

念のため、読み返し、何人かに電話で確認もした。やはりそうである。谷崎は、そのつもりで書いている。

しかし、誤解しないでいただきたい。わたしはここで、有吉さんが《間違っている》というのではない。だったら、こんな文章を書いたりはしない。逆である。有吉さんの読みも、また、そう解釈する感性も実に魅力的なのだ。感嘆しているのである。これは、読む、という行為が即ち創造であることの好例ではないだろうか。

作品は楽譜に当たるもので、それを演奏するのが読者である。読書は決して受け身の作業ではない。百人の読者がいれば、そこには百の作品が生まれる。名曲を弾くように、我々は名作を読む。そこにこそ読書の醍醐味《だいごみ》がある。

ただし、――ここが微妙なところなのだが――そう弾いては演奏にならない、という線がある。それは創造において、優れたものと、無価値なものが歴然としてある、ということに外ならない。

4

本を離れるが、こういう例をあげる。

学生時代に仲間と、『傷だらけの挽歌』という映画の試写会に行った。原作はJ・H・チェイスの『ミス・ブランディッシの蘭』。大金持ちの傲慢《ごうまん》な令嬢がギャングに誘拐される。救出された時には、彼女はぼろくずのようになっている。父親は、そんなになっても生きているのか、という冷たい言葉を浴びせ、娘に背を向ける。ラストシーン、川に身を投げた娘を見て、探偵は何ともいえない表情をし、その場を去ろうとする。驚いて、助けないのか、という声がかかる。彼は、一言いう——《アイ・キャント・スイム》。

実に苦く、また見事な台詞《せりふ》である。まさしく《出来ない》のである。

ところが、——今も鮮やかに覚えている——《泳げないんだ》という字幕が出た途端、胸を衝かれた我々の、二列ばかり後ろで吹き出した観客がいたのである。その人には素直におかしかったのだ。本当に《泳げない》と思ったのだ。

これは誤りである。誤りだからいけないのではない。いけないから誤りなのである。泳げる探偵が、その局面だからいったのでなければ、この台詞は無意味だ。考えてそこに行き着くのではなく、瞬時にそう感じなければいけない。

残酷なことだが、時として作品は人を拒む。（勿論《もちろん》、わたし自身が同様の立場に立たされることもあるわけだ。いや、多々あるといってよい。）

さて、その映画が、テレビの衛星放送で放映された。懐かしさと共に観ていたら、何と肝心なラストがカットされていた。

驚いて、試写会の時並んで観ていた友達に電話した。彼はいった。

「テレビでしょう。いつかやった時にも、観たやつが怒ってましたよ。時間の関係で切ったんでしょうねえ」

しかし、地上波のコマーシャル入り放送ではない。そんなことは考えにくい。ガイド雑誌で確認したら、《オリジナル百二十八分をそのまま放映》となっている。画面は結末の一歩手前、令嬢が車に乗ったところでストップモーション。そこに英字の配役が流れ、結びの音楽が入る。

局が切ったのではない。これは別バージョンなのだ。

どうしてそんなことになったのか。もしも《分かりにくいから》という理由もあって——救いがないから、ということだけでなく——直されたのなら、作品にとって不幸というしかない。何でも分かりやすくなったら、全ての暗示は消え、主張ばかりとなる。

恋人の目をじっと見つめただけでは許してもらえず、《ぼくはきみを……》とまで言葉を添えても、《何なのよ、はっきりして》とじれて問い詰められる。そんな世の中になってしまう。

5

解釈の冒険を許さない作品は、実につまらないものだろう。

演劇なら、その冒険が演出ということになる。松岡和子《まつおかかずこ》さんの『すべての季節のシェイクスピア』(筑摩書房)には、トレヴァー・ナンによる一九八九年の『オセロー』が紹介されている。この話は、まさに目から鱗である。

その舞台には《少女といっていいくらい》に若いデスデモーナが現れたという。松岡さんは《「わあ、ほとんどロリータじゃない!」》と思い、《新鮮だった》という。《考えてみれば》《イアーゴーもオセローとデスデモーナの歳が釣り合わないことを強調している。一方デスデモーナが「若い」ということは、様々な人物の口を通して繰り返し語られるのだ》。

デスデモーナの生への傾き、「生きたい」という希求には目をみはるものがある。全身で生に向うその姿勢といい、父親に内緒で結婚してしまう大胆さといい、彼女と『ロミオとジュリエット』のヒロインには共通する要素がきわめて多い。ジュリエットは十四歳。デスデモーナは、彼女とほんの二、三歳しか年の違わない「姉」——トレヴァー・ナン演出の『オセロー』は、そう解釈できる可能性を教えてくれた。

ナンに、そして松岡さんに導かれ、《そうか！》という驚きと霧が晴れたような爽快さを感じた。解釈のスリルを感じたのである。

さらに松岡さんによれば、サミュエル・ライター編集になる『地球をめぐるシェイクスピア』という本があるそうだ。戦後、舞台化された優れたシェイクスピア劇五百二本の上演記録である。演出や舞台装置について記されているという。

勿論、古今東西、無数の創意に満ちたシェイクスピアの舞台があったことだろう。ライターの本には、そのうち少なくとも（！）五百二本の《創造》が集められている。イメージしただけで、胸が躍るではないか。ここに《人間》の働きがある、という気になるではないか。

6

小説においては、読者が演出家であり役者である。いい台本を貰《もら》っても、いい舞台が作れるとは限らない。それではつまらない。口惜しいから、読者も成長するのである。その読者の内のプロこそが評論家ということになるだろう。評論家には、プロであるなら記憶に残るような面白い演出を見せてほしいと思ってしまう。

たとえば、太宰の『トカトントン』を読んで、何も見えない人に向かい、《トカトントンはハラホロヒレである》といってしまうのが評論家ではないか。そのおかげで何かが見え、《ああ、そうか》という人が出て来る。すると、別の評論家が《いや、あれは断じてハラホロヒレではない。ガチョーンである》と演出するのである。

そこで、まことに不敬ではあるが、《トカトントン》を《ハラホロヒレ》に差し替えれば、こういうことになる。

もう、この頃では、あのハラホロヒレが、いよいよ頻繁に聞え、新聞をひろげて、新憲法を一条一条熟読しようとすると、ハラホロヒレ、局の人事に就いて伯父から相談を掛けられ、名案がふっと胸に浮んでも、ハラホロヒレ、（中略）もう気が狂ってしまっているのではなかろうかと思って、これもハラホロヒレ、自殺を考え、ハラホロヒレ。

無論、トカトントンはトカトントン。ハラホロヒレでも、ガチョーンでもありませんがね。

あとがき

謎を扱った物語で、魅かれたものとしてポーの『黄金虫』をあげたが、それだけでは一方的だ。少年時代のわたしに強烈な印象を残した別の作品に「盗まれた河」がある。アメリカの連続テレビ・アニメ。よく覚えていないが、「進めラビット」とかいうシリーズの一本だったかもしれない。

まず水族館から、何でも吸い取ってしまうスポンジ魚という珍魚が盗まれる。それを使って全国の河が次々と盗まれていく。スポンジ魚の尻尾《しっぽ》を縛って、河に垂らすと、きゅーっと吸い取ってしまうのである。一体、誰が何のためにこんな犯行を繰り返すのか。

犯人たちを捕まえてみると、これがペンキ屋であった。何故、彼らは河を盗んだのか。こういうわけである。河がなくなると、その跡は何に使うか。道路にするしかなかろう。となれば、センターラインを引くことになる。だから、ペンキが売れる。

わたしは、これを観て殆《ほとん》ど感動した。素晴らしい。論理は天の高みへと飛翔する。そしてこれは『黄金虫』の論証と対極にあるもののように見えて、実は背中合わせなのかもしれない。

このようなところから、わたしのミステリとの交際は深まっていったのである。それについて語ることは喜びだが、同時に、忘れっぽいわたしにとって、忘れたくない文章を写させていただくことは、まことにありがたく嬉しいことであった。メモを、あまりしないたちなので、読んだ時には「ああ!」と思いながら、いつか記憶の闇の底にしずんでしまった文章がどれほどあるか分からない。この一年でもそうだ。つらくなる。

そういう意味では、この本は、文章の(ということは、当然、ものの見方の)コラージュでもある。料理人の腕はともかく、素材の価値は保証つき。多くの人に読んでいただきたい。そして、ここからまた原典へと読書の枝が拡がっていったなら、これに過ぎる喜びはない。

一九九六年三月十四日

北村　薫

読者《あなた》に――

宮部みゆき

校庭で遊んでいて、「動詞は活用する」ことにふと気づき、新鮮な驚きを覚えた小学生が、長じて作家・北村薫になりました。けっしておしゃべりではないのに話し上手。そんな北村さんが、落語の話、夢の話、手品の話、さまざまな話題を織り交ぜながら、本格推理小説の尽きない魅力と、宿命的に背負うその危うさとについて語り、「しかし友よ、それは冒す値打ちのある冒険なのだ」と謳《うた》う――この本をこれから読む読者《あなた》は、とびきりの幸せ者です。

謎物語は続く

有栖川有栖

ミステリ界きってのディレッタントで、本格ミステリをこよなく愛する人でもある北村薫が語る興味深いお話の数々。

「ああ、最後のページまで読み切ってしまった。いつまでも語っていて欲しかったのに。もっと続けて！」

――という読者のために、不肖・私が代わりにアンコールを……というのは無理ながら、少しおしゃべりを。

出版社のパーティの席だったか。北村さんが近寄ってきて、「有栖川さん、これこれのことがあって――」といきなり面白いお話をなさる。語り終えて、北村さん曰く。

「これって〈本格〉でしょ？　今度、どこかで話しましょう」

デビュー直後からずっと北村さんとは親しいお付き合いをしていて、対談やトークイベントのお相手を務める機会もよくある。そういう場を指しての「どこか」なのだが、当面は何の予定もないのに、いつ到来するかも判らない「今度」を念頭に置いているのが可笑《おか》しかった。

北村さんがエッセイにして発表する方が早そうなのに「話しましょう」というのは、「皆さんの前で話すのが楽しいじゃない。その時がきたら、いいリアクションしてよ」ということなのだろう。漫才の相方にしていただいたようで、正直なところうれしい。

そんな北村さんから、ひょっこり電子メールが届くこともある。たとえば、「ピーターは今年決意をしてマスコミ向けに」という件名で、何の前置きもなく――

〈「これからはピーターのぬいぐるみを脱ぎ池畑慎之介《いけはたしんのすけ》として活動していきたいと思います」とファックスしたら、ある人から

ぬいぐるみは脱げない。きぐるみだろう。

と返され「ちっ」と思ったそうです。おもわず見逃しそうなミス。本格だなぁ。〉

世代的に意味が判りにくい読者もおいでだろうから補足すると、歌手で俳優の池畑慎之介さんが芸名をピーターから改めた時のエピソードである。

ゆるキャラやアトラクションのキャラクターとしてアクターが被るものは〈きぐるみ〉と呼ばれるが、ゴジラなど特撮ものでアクターが被るものは〈ぬいぐるみ〉でいいらしいですよ、と返しながら、私はこっそり思った。……北村さん、さすがにそれは〈本格〉ではないでしょう。

およそミステリと見なされていない小説作品を指して、「本格だなぁ」と感心してみせるのは、北村さんだけでなく本格ファンが取りがちな態度である。私だって、時にやります。SFファンもやる。ロックファンも他ジャンルの音楽を聴いて「これはロックだ」とやっている。ロック魂に触れる小説や漫画を読んでも言うし、「ある地方では除夜の鐘を聞きながら

御せち料理を食べる」と聞いても「ロックだ」と唸ったりできる（この場合の共通点は常識に囚われない思い切りのよさか）。そして、別の誰かが「なるほど、そうだね」とか「いや、それは違うだろう」とか言って、議論が生まれたりする。

私が知る範囲で、北村さんほど「これも本格でしょう」を口にする人はいない。半ば冗談のこともあるにせよ、こうした行為は自分が本格ミステリをどう捉えているか、本格の何に反応して楽しんでいるかの表明であり、批評だ。批評だから創作でもある。北村さんの隠れた創作に触れる機会があることは、私にとって幸運と言うしかない。

さて、本書『謎物語　あるいは物語の謎』について。

本格ミステリを中心とする小説作品を発表するだけではなく、北村さんはアンソロジーの編纂など多方面で活動なさっている。ミステリマニアであると同時に文芸の広い領域にわたって造詣が深いことから、『ミステリは万華鏡』『詩歌の待ち伏せ（上・下、続）』『北村薫の創作表現講座　あなたを読む、わたしを書く』『北村薫のうた合わせ百人一首』など評論・エッセイ・読書ガイドの著作も多い。

本書は、そんな著者が作家デビュー八年目にして初めて世に送り出した珠玉のエッセイ集にして私の愛読書である。「初めて」のせいもあってか、北村薫という創作者の積年の想いが迸《ほとばし》り、読む・書くに対する嗜好から思想までがぎっしりと詰まっている。

内容は非常に深いのに語り口がしなやかにして軽妙洒脱なおかげで、するすると頭に染み入るのだから愉快至極。どなたにも薦められる一冊であるとともに、北村薫ファンは言うまでもなく、本格ミステリファンも必読・必携の書だろう。

北村さんは、自分にとってミステリとはいかなるものであるかを、冒頭近くでひとまず定義する。「雲をつかむような謎が論理的（であるかのよう）に解かれて行くのがミステリ」なのだ、と。何となく判るが、これですべてが言い尽くせるはずもなく、様々な例を挙げながら、その魅力がどういうものなのかの分析が続く。

先の定義の「論理的（であるかのよう）に」について。北村さんも私もエラリー・クイーンの熱烈なファンで、クイーンといえば精緻なロジックが最大の売り物なのだが、はたして名探偵エラリーが操るロジックが完璧なものであるかどうかは怪しい、と私は思っていて、北村さんにも同意していただけるはずだ。本書の二十三年後に上梓された『本と幸せ』に収録されたエッセイ「唯一無二のエラリー・クイーン」の中で、クイーンを「頭の働きがひとつの美しい、揺るがぬ結論を示す《かのよう》なときめきを感じさせてくれた作家」と評しておられる。

本格ミステリは、論理的であるかのように見えたら充分なのだ。無論、論理が完璧であってもよいが、それだと論理パズルになってしまいかねない。ああいうパズル、お好きですか？　長旅の車中で挑むのはいいかもしれないが、心身が疲れている時はつらいし、時間を持て余していても次から次へと解く気にはなれそうにない。本格ファンにアンケートを取っても、「好き」が有意に多くはならないだろう。

本格ファンが好きなのは、あくまでも「論理的（であるかのよう）」な謎解きで、（であるかのよう）の部分を担うのが詐術をそれと思わせない技巧的な語りであり、謎・推理・真相を包み込む物語なのではないか。北村さんの定義の中で、最も重要なのは（であるかのよう）なのだ。

きれいに解ける謎＝論理パズルと、必ずしも論理的にふるまわない人間が演じる物語とは在り様が相反するように思えるが、本書で北村さんは「小説という形式は、実に懐が深い。推理問題ぐらいは簡単に呑み込める」と言い切る。現に本格ミステリがやってみせているではないか、と訴えるのだ。

この見解にたちまち賛同できる人ばかりではないだろう。密室トリックを発案した人間がそれを試してみたくなって実行したとか、そんな与太が小説になるものか、という反論も出そうだ。正否は別にして、それでも小説になる、と言う北村さんの方が小説の力をより強く信じていることだけは確かである。謎物語＝本格ミステリへの愛は、小説が持つ可能性・豊かさへの信奉を土台にしているのだから。

本書は本格ミステリ作家を志望する人に向けた指南書ではないが、そのように読むことも可能で、小説という形式によって謎解きを生かせ、という教えが丁寧に説かれている。あの横溝正史が「トリックというものはみんなくだらんものなんだ」と語っていたことに驚いた方がいるかもしれない。問題は「それがどういうふうに付随するか」、つまりは、本来「くだらんもの」を物語に変身させられるかどうか。

そう理解したからといって容易にできることではないのを、北村さんは重々承知している。だからこそ、巻末の〈読者《あなた》に――〉で宮部みゆきさんが引用している檄《げき》を書かずにはいられなかったのだ。いかに困難で、読者の失望を買うリスクが高かろうとも――

「しかし友よ、それは冒す値打ちのある冒険なのだ」

本格ミステリ作家になりたいなどとは露《つゆ》ほども考えていない読者にとっては、本書は本格をどう読めば楽しめるか、という勘所を示してくれる一冊だ。創作者の口から発せられると自己弁護の色を帯びてくるから危ないのだけれど、創作物にはそれぞれ鑑賞の仕方（リテラシー）があり、知っていなかったら楽しみが減じたり消えたりしてしまう。

今さらそんなことは教えてもらわずとも知っている、という読者の心にも本書は響く。私たちが本格ミステリに惹かれるわけが、鮮やかに言語化されているからだ。数式をもって証明できないことは、このように言葉で表現するしかない。

さらに北村さんの筆は遠くに伸びていき、〈謎〉から始めて〈謎物語〉へと進んだ思索は、〈物語〉という広大な領域に達する。謎＝問題を簡単に呑み込んでしまう小説という形式の深い懐へと潜り込んでいくのだ。ここに稀代の読み手としての北村薫の真骨頂がある。マジシャンが華麗にカードを撒くように繰り出される作家、作品の多彩なことと言ったらない。

それを私が下手に要約し、ありきたりのコメントを付す必要を覚えないから、やらない。

本書は細部もとても面白くて、随所でにやりとしてしまう。

まず、冒頭から北村薫の（かつての）お父さんぶりが垣間見られるのを始め、〈日常の謎〉ミステリの第一人者である北村さんの日常が、何でもないことから知的生活までちらりちらりと覗く。私生活を披露したくて書いているわけでもないのに、ふだんから謎物語的生活を送っているがために、覗いてしまうんですねぇ。

そんなことを指摘するな、と北村さんがおっしゃりそうだから別のポイントを。

平成の本格を語る上で、〈日常の謎〉について避けては通れない。犯罪に関係のない日常風景の中の謎を扱ったミステリは従来から散見したが、『空飛ぶ馬』に始まる〈円紫さんと私シリーズ〉などでそれを一つのジャンルにまで発展させたのが北村さんだ。〈日常の謎〉――それは、密室殺人やアリバイ工作という定型の謎とは異なり、謎自体のオリジナリティが問われるスタイルで、作中で人が死なない。

新本格の隆盛期に出された『本格ミステリー宣言』の中で、島田《しまだ》荘司《そうじ》は定型の謎に依存した作品を〈器の本格〉と呼び、これからの本格には独創的な謎の創出が必要だと唱え、『奇想、天を動かす』などで実践した。島田さんがイメージした斬新にして幻想的な謎とは違う形で謎のオリジナリティを打ち出したのが〈日常の謎〉だったのでは、と私は考えているのだが――それはさて措き。

〈日常の謎〉について、当の北村さんは「昨今では、人の死なないミステリ、特に日常性の中の謎、などといったタイプの作品に出会うと、もうそれだけでうんざりする――ことが多い」と本書で書いている。なかなか衝撃的だ。そういう作品よりも、さんざん読んできた定型である「《密室》の方が《あきない》のである」とも。まったくもって、ご本人が言うとおり「ことは、実は単純ではない」。

他ならぬ〈日常の謎〉マスター自身の分析であるだけに、どうして定型は《あきない》のかに関する考察はとても興味深い。そして、それが島田荘司の提言の否定になっておらず、ことは、実は単純ではないなぁ、と思わずにいられない。このあたりも本書の大きな読みどころの一つである。

『スキップ』という著作もある北村さんは、まさにスキップを踏むように謎物語について縦横無尽に語っているし、紙幅は限られているから、「そこをもう少しくわしく」と請いたくなる箇所もある。

たとえば、トリックに偶然の要素が介在すると「犯人が巧《たく》んだものではなかった、というのでは、ミステリとして物足りない」とあるけれど――物足りませんか？　そこのところ、もう少しくわしく聞かせてください、とお願いしたくなる。どういうことだろう、と考えることで本書との対話が始まり、果てもなく続く。

そんな引っ掛かりを随所で心地よく与えてくれることも、私が本書を愛読している所以である。

書名索引

＊本文中に引用がある場合、書名をゴチック・イタリック体にしています。
＊アンソロジー・雑誌などで、特にその内の一篇に触れている場合は、【 】に入れて表記しています。

さ

た

ま

や

本書は一九九六年に中央公論社より刊行され、九九年に
中公文庫に、二〇〇四年に角川文庫に収録された。

著者紹介　1949年埼玉県生まれ。早稲田大学第一文学部卒業。89年「空飛ぶ馬」でデビュー。91年「夜の蟬」で第44回日本推理作家協会賞、2006年「ニッポン硬貨の謎」で第6回本格ミステリ大賞、09年「鷺と雪」で第141回直木賞、16年第19回日本ミステリー文学大賞を受賞。

検印
廃止

謎物語
あるいは物語の謎

2019年11月29日　初版

著者　北《きた》村《むら》　薫《かおる》

発行所　（株）東京創元社
代表者　渋谷健太郎

162-0814/東京都新宿区新小川町1-5
電話　03・3268・8231-営業部
03・3268・8204-編集部
URL　http://www.tsogen.co.jp
旭印刷・本間製本

ISBN978-4-488-41308-8　C0195

鮎川哲也短編傑作選 I

BEST SHORT STORIES OF TETSUYA AYUKAWA vol.1

五つの時計

鮎川哲也　北村薫 編

創元推理文庫

◆

過ぐる昭和の半ば、探偵小説専門誌〈宝石〉の刷新に
乗り出した江戸川乱歩から届いた一通の書状が、
伸び盛りの駿馬に天翔る機縁を与えることとなる。
乱歩編輯の第一号に掲載された「五つの時計」を始め、
三箇月連続作「白い密室」「早春に死す」
「愛に朽ちなん」、花森安治氏が解答を寄せた
名高い犯人当て小説「薔薇荘殺人事件」など、
巨星乱歩が手ずからルーブリックを附した
全短編十編を収録。

◆

収録作品＝五つの時計，白い密室，早春に死す，
愛に朽ちなん，道化師の檻，薔薇荘殺人事件，
二ノ宮心中，悪魔はここに，不完全犯罪，急行出雲

鮎川哲也短編傑作選II

BEST SHORT STORIES OF TETSUYA AYUKAWA vol.2

下り〝はつかり〟

鮎川哲也　北村薫 編

創元推理文庫

◆

疾風に勁草を知り、厳霜に貞木を識るという。
王道を求めず孤高の砦を築きゆく名匠には、
雪中松柏の趣が似つかわしい。奇を衒わず俗に流れず、
あるいは洒脱に軽みを湛え、あるいは神韻を帯びた
枯淡の境に、読み手の愉悦は広がる。
純真無垢なるものへの哀歌「地虫」を劈頭に、
余りにも有名な朗読犯人当てのテキスト「達也が嗤う」、
フーダニットの逸品「誰の屍体か」など、
多彩な着想と巧みな語りで魅する十一編を収録。

◆

収録作品＝地虫，赤い密室，碑文谷事件，達也が嗤う，絵のない絵本，誰の屍体か，他殺にしてくれ，金魚の寝言，暗い河，下り〝はつかり〟，死が二人を別つまで